ANGEL ET LE CHARMEUR D'À CÔTÉ

JEANINE LAUREN

Littleford House Books

CHAPITRE 1

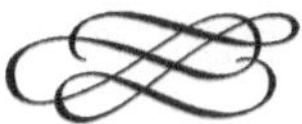

Helen Baker jeta un coup d'œil furtif à travers les lourds rideaux du salon vers la rue sombre, scrutant l'espace entre les réverbères. Elle n'avait pas vu de fantômes, de sorcières ou de personnages de Star Wars depuis au moins trente minutes. La pendule de la cheminée — un cadeau de mariage qui leur avait été offert à elle et à Sam trente ans plus tôt — sonna huit heures, et elle laissa retomber les rideaux.

Halloween était terminé, tout comme l'année la plus infernale de sa vie.

Elle éteignit la lumière du porche et emporta le bol contenant les dernières barres de chocolat miniatures à la cuisine. Il restait suffisamment de ces délicieuses bouchées pour lui donner un pic de glucose. Elle devrait les ranger, mais elle avait bien mérité de célébrer d'abord.

Une bouteille de son Merlot préféré, qu'elle avait trouvée lors de sa dernière dégustation de vin dans l'Okanagan, attendait patiemment sur la table de la cuisine aux côtés d'un grand verre à pied, de son agenda, d'un marqueur rouge et de l'enveloppe en papier kraft scellée qu'elle avait reçue plus tôt dans la journée. Elle retira l'emballage d'un chocolat, le mit dans sa bouche et versa le vin. Elle s'assit à la table et, ignorant l'enveloppe, ouvrit son agenda.

Prenant un stylo rouge, elle marqua la journée d'un X. Puis elle leva son verre et porta un toast à elle-même.

— Eh bien, Helen, félicitations. Tu l'as fait.

Elle avait tenu sa promesse envers sa mère et son thérapeute et avait réussi à traverser la série de premières fois : premier Noël, premier anniversaire, première Saint-Valentin, premier anniversaire de mariage, première grande occasion familiale — dans ce cas, le mariage de leur fille — et maintenant son premier Halloween sans son mari à ses côtés. Promesse tenue, elle pouvait passer à sa nouvelle vie, seule, selon ses propres conditions.

Le crépitement et l'explosion des feux d'artifice la firent sursauter, puis sa tension artérielle monta. Ils n'organisaient pas une fête d'Halloween. Pas après les frasques de l'année dernière, sûrement ?

Elle regarda par la fenêtre et ses yeux confirmèrent ce que ses oreilles entendaient. Il y avait Jillian, son ancienne meilleure amie, tout sourire et les yeux brillants, exhibant sa nouvelle coupe de cheveux et sa silhouette amincie, et divertissant tous leurs voisins sans elle. Sérieusement ? Ne ressentait-elle aucun remords ?

Helen se dirigea lourdement vers la porte d'entrée, enfila son manteau et ses chaussures, enfonça un bonnet sur sa tête et saisit ses gants. Elle irait là-bas et dirait ses quatre vérités à Jill. Comment osait-elle organiser la fête qu'elles avaient toujours organisée ensemble ? Comment osait-elle divertir les voisins sans elle ? Elle irait là-bas, et...

Et puis quoi ?

Répéter la disgrâce de l'année dernière ?

Les larmes lui piquèrent les yeux, et elle s'arrêta, la main sur la poignée de la porte. Elle avait célébré trop tôt ce soir. Il lui restait une dernière première fois à surmonter avant de pouvoir vraiment aller de l'avant. Elle se dirigea vers la fenêtre de la cuisine et regarda les feux d'artifice jaunes, rouges et verts s'élever dans le ciel, marquer une pause, exploser en centaines de points lumineux, puis retomber sur terre. C'était la première fois en vingt-trois ans qu'elle ne participait pas à cette tradition du quartier.

Tout avait commencé quand Kim et Brandon — sa fille et le fils de Jillian — avaient cinq ans. Helen et Jillian, qui vivaient l'une à côté de l'autre, organisaient à tour de rôle la fête des feux d'artifice d'Halloween dans leur jardin. Même après que Kim avait grandi et quitté l'île de Vancouver pour étudier à Toronto, Helen et Jillian continuaient à organiser la fête. Offrir ce divertissement à d'autres enfants aidait à atténuer le vide laissé par le départ de leurs enfants. Même après la mort du mari de Jill deux ans plus tôt, elles avaient continué à l'organiser. Exactement comme toujours... jusqu'à l'année dernière.

L'année dernière, un autre voisin, Khalid, avait insisté pour s'occuper des feux d'artifice. Il avait un spectacle vraiment spécial, disait-il, et avait acheté les feux d'artifice en promotion. Helen et son mari, Sam, avaient été heureux de passer le flambeau.

Le final avait été spectaculaire, illuminant le ciel bien plus intensément que les années précédentes. Il avait également exposé les ombres — y compris celle où Jillian et Sam se câlinaient, inconscients d'avoir été surpris. Helen s'était précipitée à l'arrière de la remise, où ils étaient presque en train de forniquer en public, et leur avait hurlé dessus. Heureusement, les ombres étaient revenues à ce moment-là, et le bruit de la foule avait suffi à couvrir la majeure partie de son angoisse. Ceux qui les avaient vus s'efforçaient de prétendre le contraire, et la plupart des invités s'étaient excusés pour partir, se faufilant rapidement dans la nuit.

— Ça ne voulait rien dire, avait insisté Sam plus tard.

— C'est juste arrivé comme ça, avait dit Jill.

Mais ce genre de choses n'arrive pas juste comme ça, et une fois que les feux d'artifice avaient exposé leur liaison, elle avait vu les autres choses qui se cachaient dans l'obscurité : les amis communs qui ne pouvaient pas la regarder dans les yeux, l'argent qui disparaissait de leur compte joint, le fait que Jill rendait comme par hasard visite à sa mère chaque fois que Sam devait partir en déplacement pour une réunion. C'étaient les signes indiscutables d'un mariage en décomposition et, pire encore, d'une amitié en déliquescence.

Elle ne pouvait pas, et ne voulait pas, revivre cette scène aujourd'hui. Elle retira son manteau et ses bottes et retourna à la cuisine. Elle remplit à nouveau son verre de vin et l'emporta, avec son agenda, dans la salle à manger, aussi loin que possible des feux d'artifice et des bruits joyeux. Elle était vraiment seule maintenant.

Au cours de l'année écoulée, elle avait vu les amis s'éloigner. Ils trouvaient des excuses pour ne pas la voir, comme si elle avait la lèpre et non un cas de célibat. Être célibataire dans un monde de couples, c'était être une épine parmi les roses. Dangereuse. Suspecte. Seule.

Malgré sa solitude, elle avait bien géré cette année de premières fois. Elle pleurait rarement et continuait simplement : enseigner, planifier le mariage de Kim, affronter chaque matin avec courage et terminer chaque journée fatiguée mais avec un sentiment d'accomplissement. Pourquoi, après avoir traversé toutes ces journées difficiles en un seul morceau, se tenait-elle maintenant dans sa salle à manger, en train de sangloter ?

Elle jeta un nouveau coup d'œil à l'enveloppe non ouverte : les papiers du divorce que son avocat lui avait envoyés par coursier. Elle n'avait plus qu'à les signer.

Le téléphone sonna à ce moment-là, et elle se leva, essuyant ses larmes avec sa manche tout en se dirigeant vers la cuisine pour récupérer son portable.

— Allô ?

— Bonjour, Helen. C'est Sylvia. Je voulais t'appeler pour voir comment tu allais. Je me souviens... Elle fit une pause. Eh bien, ça fait un an, et je voulais savoir comment tu t'en sortais.

— Oh, Sylvia, merci de m'appeler. Helen se pencha pour prendre un mouchoir dans une boîte à proximité et essuyer ses larmes. Ça me fait tellement plaisir d'avoir de tes nouvelles.

— Je voulais aussi t'inviter à venir nous rendre visite lors du prochain long week-end en novembre. Je sais que tu cherchais une raison pour revenir ici un jour.

Sylvia avait raison. Helen avait eu l'intention de passer du temps à Sunshine Bay. C'était un lieu de vacances pour sa famille quand elle était enfant. Plus tard, elle et Kim y avaient passé leurs vacances d'été dans un chalet sur la plage. Sam n'avait jamais pu se joindre à elles, préférant les vacances qui impliquaient de prendre l'avion. Cela faisait de Sunshine

Bay un endroit réservé à elles deux, et en ce moment, elle voulait visiter un endroit qui n'était pas imprégné de souvenirs de Sam.

— Ce serait sympa. Ça me donnerait une raison de m'évader.

— C'est super, dit Sylvia. Et si ça te plaît ici, eh bien...

— Il y a autre chose ?

— En fait, dit Sylvia, il y a *effectivement* autre chose. Je sais que Kim reste en Ontario pour les fêtes cette année, et tu as dit que tu n'avais pas de projets fermes...

Non, Helen ne voulait pas passer Noël avec Sylvia et Jack. Cela lui rappellerait simplement qu'elle était de trop.

— Oh, Sylvia, c'est gentil. Mais je prévoyais d'aller quelque part comme Tofino et de passer du temps à observer les tempêtes ou quelque chose comme ça. Tu sais. Seule et faisant quelque chose qui n'implique pas Noël à Duncan.

— Quoi ? Non. Je crois que tu me comprends mal. Et je me sens bizarre de te demander ça, mais...

— Mais quoi ? Tu as besoin de quelque chose ?

— Eh bien... Je sais que c'est beaucoup demander...

— Plus que quand je t'ai demandé de m'aider pour le mariage de Kim ? Je ferai tout ce que je peux pour t'aider. De quoi as-tu besoin ? Sylvia avait été à ses côtés, un roc dans le flot d'émotions menant au grand jour de Kim. S'il y avait un moyen de l'aider, elle le ferait. Sylvia avait été quelqu'un sur qui elle pouvait compter quand ceux sur qui elle comptait auparavant s'étaient éloignés.

— J'espérais que tu envisagerais de passer ton temps à Sunshine Bay, en gardant la maison pour Jack et moi. Enfin, en gardant le chat. Nous prévoyons de rendre visite à la fille de Jack, Cassie, à Kelowna. Angel devrait rester ici, et ce sera la première fois que je la laisserai depuis qu'elle a commencé à nous faire confiance.

— D'où la visite le week-end prochain ?

— Tu m'as démasquée. J'ai pensé que cela résoudrait deux problèmes à la fois : ça te donnerait un endroit où aller, et ça m'aiderait aussi. Tu es douée avec les animaux, et je sais ce que c'est que de passer Noël seule. Après la mort de mon premier mari, je ne voulais voir personne.

— Oui. Et j'adorerais veiller sur Angel pour Noël. Ça me donnera le temps de réfléchir à ce que je vais faire ensuite. Elle ne pouvait pas rester ici, et Sunshine Bay l'avait toujours intriguée. C'était plus grand que Duncan mais gardait quand même cette ambiance de petite ville. Et c'était loin des voisins et des amis qui ne la voyaient plus comme faisant partie de leur vie. Peut-être que Sunshine Bay pourrait être plus qu'un endroit où passer Noël. Peut-être que ce pourrait être un endroit où elle pourrait créer une nouvelle vie. Où elle pourrait enfin trouver sa place.

— Merveilleux, dit Sylvia. Quand l'école se termine-t-elle ce semestre ? J'ai peur d'être un peu déconnectée ces jours-ci.

— Pour moi, c'est fini deux semaines avant Noël. J'ai remplacé une enseignante qui a subi une intervention chirurgicale. Elle reviendra en classe à temps partiel dans les trois prochaines semaines, puis à temps plein à la mi-décembre.

— Eh bien, quand tu viendras ce week-end, nous pourrons discuter d'une bonne date pour ton retour.

— Ça me semble parfait. On se voit dans deux semaines. Je partirai directement après l'école, donc je devrais arriver juste à temps pour le dîner.

C'était dommage que Sylvia ait un chat et non un chien, pensa Helen, mais elle supposait que c'était mieux que rien. Peut-être qu'elle pourrait persuader ce chat de passer du temps avec elle. Le chat de Sam vivait maintenant chez le voisin. Elle ne s'était jamais bien entendue avec cet animal, et maintenant elle savait pourquoi le chat accueillait toujours Jillian chaque fois qu'elle venait en visite.

Même son chat avait été un traître, mais elle ne pouvait pas en vouloir à Angel pour ça. De plus, cette aventure de garde de chat ne durerait que deux semaines.

CHAPITRE 2

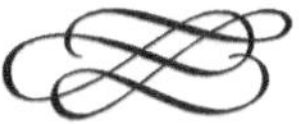

Joe Brooks se tenait sur le trottoir avec sa belle-fille, Nicole. Ils étaient devant sa maison à Sunshine Bay, regardant son fils Zachary soulever une valise pour la mettre dans le coffre du taxi. C'était vraiment vrai. Le couple partait pour le Nicaragua pour au moins trois mois.

— Au revoir, dit Nicole d'une voix plus aiguë que d'habitude. Elle était accroupie au niveau du genou de Joe, en train de parler à Neville, son West Highland terrier blanc. Je vais te manquer, mon bébé.

Joe tourna son attention vers Zac, qui vint se placer à côté de lui sur le trottoir.

— Au revoir, Papa, dit Zac, se penchant en avant pour étreindre Joe. Tu vas me manquer.

— Bonne chance pour ton projet. Je suis sûr que ce sera une grande aventure.

— Ouais, on a hâte d'y être. Zac recula. Nic, il est temps d'y aller.

Nicole donna une dernière caresse à Neville. — Sois sage avec Joe. Puis elle se tourna et serra Joe dans ses bras. Tu vas nous manquer.

— Amusez-vous bien là-bas. C'est une occasion formidable.

Zac lui fit une autre accolade. — Merci de t'occuper de Neville. Nic était plus inquiète pour lui que pour le voyage.

— Pas de problème, dit Joe, ravalant la boule dans sa gorge. Il ne s'attendait pas à être ému par cela. Les deux vivaient à Vancouver depuis plusieurs années maintenant, et Joe voyait rarement son fils à moins de prendre le temps d'aller lui-même sur le continent. Mais c'était différent de savoir qu'ils seraient à des milliers de kilomètres, travaillant sur un projet environnemental. C'était beaucoup plus loin qu'un trajet en ferry.

Il regarda le taxi jusqu'à ce qu'il tourne au coin, puis fixa l'extrémité de la rue encore quelques instants. Zac allait lui manquer, surtout le mois prochain. Ce serait la première fois depuis la naissance de Zac, il y a vingt-sept ans, qu'ils ne passeraient pas Noël ensemble.

Un petit jappement venant d'en bas attira son attention vers le sol. *Neville.* C'était l'autre raison pour laquelle son fils allait lui manquer. Neville était une petite chose mignonne, et le sujet de nombreux « oh » et « ah » chaque fois que Joe emmenait le petit chien pour ses promenades quotidiennes. Âgé de seulement huit mois, Neville débordait d'enthousiasme et de vigueur. Le petit chien bondissait en permanence, et sa curiosité l'aurait tué s'il avait été un chat.

C'était dommage que son fils n'ait pas un chat. Joe aimait les chats, et ils en avaient toujours eu un quand Zac grandissait. Les chats étaient calmes. Ils ne demandaient pas beaucoup de temps, et ils n'avaient pas besoin d'être promenés ou dressés. Mais Nicole avait voulu un chien, et tous les deux adoraient le petit gars. Difficile de ne pas l'aimer, en vérité. Il était mignon.

Joe aurait préféré qu'ils confient Neville aux parents de Nicole, mais une fois que ses parents avaient appris que Nicole serait absente pendant les fêtes, ils s'étaient inscrits à une croisière de trois mois. Pratique pour eux. Peu pratique pour lui. Surtout quand il devait préparer son stock pour le marché artisanal de fin novembre et terminer ses commandes personnalisées pour Noël.

Que devait-il faire du chien pendant qu'il était dans son atelier ? Neville le gênerait, et ce n'était pas un endroit sûr pour un chien. Le chien jappa à nouveau, et Joe fronça les sourcils. Puis il baissa les yeux pour voir Neville lui sourire, et il se surprit à lui rendre son sourire.

— Allez, Neville, il est temps de rentrer. Tu peux rester dans le salon jusqu'à ce que je t'emmène en promenade.

Il repensa aux instructions de son fils concernant les soins du chien. « N'oublie pas : Neville aime se promener vers cinq ou six heures du soir et encore à sept heures du matin », lui avait dit Zac la veille.

— Et il est habitué à la cage, avait ajouté Nicole. Nous le gardons dans la cage pendant la journée.

Joe fit entrer le chien dans la maison et lui enleva sa laisse.— Eh bien, Neville, je ne sais pas pourquoi ils te garderaient dans une cage toute la journée. Ça semble cruel quand un chien veut juste courir partout. Il prit le chien par son collier et le mit dans la cage, plaçant un bol d'eau à l'intérieur au cas où il aurait soif. Je reviendrai dans quelques heures pour t'emmener en promenade. Le petit chien gémit et le regarda à travers les barreaux.

— Ne me regarde pas comme ça, dit Joe. Je reviendrai bientôt. Il se retourna et sortit vers son atelier dans le jardin. Le chien irait bien. Apparemment, Zac et Nicole le gardaient enfermé plusieurs heures par jour pendant qu'ils travaillaient.

Il regarda sa montre ; il était quinze heures. Il pourrait travailler pendant deux heures avant de sortir Neville. Il sortit son téléphone portable de sa poche, régla une alarme pour lui rappeler quand il serait dix-sept heures passées, et posa le téléphone sur un banc juste à l'intérieur de la porte de son atelier. Il pourrait terminer une commande s'il travaillait assez vite aujourd'hui.

Il fit le tour de la pièce pour s'assurer que tous ses outils étaient à leur place. Son ancienne assistante, Bethany, avait toujours été celle qui rassemblait les outils après un projet, et ses compétences organisationnelles lui manquaient. La présence de quelqu'un d'autre dans l'atelier lui manquait en général, mais elle était maintenant en Ontario, en apprentissage dans un atelier beaucoup plus grand.

Au cours des deux heures suivantes, il travailla à terminer une commande importante pour un couple qui lui avait demandé de réaliser un cadeau d'anniversaire. Tout en travaillant, il se demanda s'ils franchiraient la barre des sept ans. La crise des sept ans était réelle. Il pouvait en témoigner. C'était l'année où Maeve l'avait quitté, lui et Zac, pour se débrouiller seuls.

Il n'avait pas pensé à Maeve depuis le mariage de Zac, et ne l'avait pas vue souvent depuis qu'elle les avait quittés pour voyager autour du monde sur un navire de recherche sur les baleines. Et maintenant

Zac était parti aussi, bien que son voyage concerne les tortues et non les baleines. Au moins, c'était un rêve qu'il partageait avec Nicole. Maeve ne lui avait même jamais demandé s'il voulait l'accompagner.

Il chassa les pensées de Maeve de son esprit pour se concentrer sur son travail. En quelques minutes, il se plongea dans un flux créatif qui dura jusqu'à ce qu'il mette la touche finale à son projet.

Joe était sur le point de finir lorsque l'alarme de son téléphone se déclencha. *Bon timing.* Ce serait agréable de sortir et de se dégourdir les jambes. C'était au moins un avantage d'avoir un chien.

Quand Joe éteignit l'alarme, il remarqua un message de Zac. Son fils avait dû l'envoyer depuis Vancouver. *Nic m'a dit de te rappeler que Neville a appris à sortir de sa cage, et que tu devrais mettre un trombone dans le loquet.* Joe s'en souvenait maintenant. Quelque chose à propos de fermer la porte avec un fil. Cela lui avait semblé un peu excessif, alors il avait oublié ce détail dès qu'elle le lui avait dit.

Il répondit par texto. *Merci pour le rappel. Passez un merveilleux voyage. Envoie-moi un message quand vous serez arrivés à destination.*

Un message revint immédiatement : *On est dans l'avion. On décolle dans quelques minutes. Je te ferai savoir quand on sera arrivés.*

Je t'aime, répondit Joe par texto. *On se parlera bientôt.*

Il descendit le chemin vers la maison et entra. Puis il regarda autour de la pièce, essayant de comprendre ce qu'il avait devant lui.

— Neville ? La cage était vide, alors il s'avança dans la maison et inspecta le salon. Le tapis était couvert de mousse blanche — le rembourrage des deux coussins qui avaient autrefois orné le canapé. Les housses des coussins étaient déchiquetées, et des morceaux de tissu bleu et gris étaient partout, mais il ne voyait pas le chien.

— Neville ? Il fit prudemment le tour de la pièce, jetant un coup d'œil sous le canapé et le fauteuil. Quel désordre. Combien de dégâts supplémentaires le petit avait-il causés ? Il entra dans la cuisine, où une porte de placard était entrouverte et une boîte de crackers était éparpillée sur le sol en ardoise. Il passa sa main sur son visage et secoua la tête. Espérons que le chien n'avait rien mangé qui pourrait lui nuire. — Neville ? Il retourna dans le salon et s'arrêta, écoutant attentivement. Un petit gémissement. Il suivit le son vers un tas de mousse et regarda de plus près. Ce fut le museau qu'il vit en premier, dépassant de sous le fauteuil à l'autre bout de la pièce.

— Te voilà, dit-il, se penchant pour attraper le chien avant qu'il ne puisse se faufiler. Neville vint volontiers. Était-il malade ? Qu'avait-il mangé ?

Le chien se retourna dans ses bras et le regarda, souriant de son petit sourire de chien avant de se libérer et de s'enfuir en courant. Il semblait aller bien, bien que Joe comprenne maintenant pourquoi Nicole l'avait prévenu. Il lui faudrait quelques heures pour construire un enclos pour le chien derrière l'atelier. Cela donnerait à Neville quelque chose à faire d'autre que de trouver des moyens de s'échapper.

Il regarda à nouveau autour de la pièce et soupira. — On nettoiera ça plus tard, dit-il au chien, en se dirigeant vers le comptoir pour prendre la laisse de Neville. — Allez, on va se promener.

Neville était là en un éclair, remuant la queue et attendant.

Joe sourit au petit et attacha sa laisse à son collier. — Allons-y, petit diable.

Et Neville se pavanait devant lui, prêt pour l'aventure.

CHAPITRE 3

Helen quitta la ville directement après l'école pour éviter les embouteillages et conduisit pendant deux heures jusqu'à Sunshine Bay, arrivant dans l'allée de Sylvia juste avant dix-huit heures. C'était une maison de deux étages dans une impasse tranquille, éclairée et accueillante. Ce serait un endroit merveilleux où séjourner.

Elle sortit de la voiture et se dirigea vers la porte d'entrée au moment où une forme noire jaillit du coin sombre derrière la maison, manquant de la faire trébucher. Elle fit volte-face. Le chat noir s'était précipité sur un chêne voisin et se retournait maintenant pour protester comme seuls les chats savent le faire : *Meorrw !*

Puis Helen entendit de petits pas sur le gravier à côté de la maison. Une deuxième traînée de fourrure, blanche cette fois-ci, dérapa au pied de l'arbre avec un jappement aigu. *Qu'est-ce que c'est que ce bazar ?*

La porte d'entrée s'ouvrit et Sylvia se précipita dehors.

— Neville ! cria-t-elle. Éloigne-toi d'elle ! Sylvia s'arrêta devant Helen. Oh, je n'ai pas vu ta voiture arriver. Bienvenue. Elle s'interrompit et fit un rapide câlin à Helen. Je suis désolée. Je dois d'abord régler ce problème.

Elle pointa du doigt le petit Westie qui aboyait toujours contre un chat maintenant sifflant. — C'est Neville, ce petit diable. Je dois le ramener à Joe.

— Qui est Joe ?

— Le voisin. Elle désigna la maison d'à côté. Je doute même qu'il sache que le chien s'est encore échappé. Joe passe beaucoup de temps dans son atelier à cette période de l'année. Allez, aide-moi à l'attraper.

Helen s'approcha du chien par derrière tandis que Sylvia l'approchait de face. Le petit chien restait fermement planté, le poitrail gonflé, concentré comme un laser sur sa proie. Il avait acculé un chat dans un arbre et ne céderait du terrain à personne. Helen aimait son cran.

— On pourrait penser qu'il accorderait plus d'attention au petit gars, dit-elle en s'approchant, gardant une voix conversationnelle pour ne pas effrayer le petit et le faire fuir. Cette race a besoin de beaucoup d'exercice.

— Joe n'est pas vraiment un amateur de chiens.

— Pourquoi en a-t-il un, alors ? Quel genre de personne aurait un chien si mignon sans s'en occuper correctement ?

— C'est le chien de son fils, et son fils est parti pour quelques mois sur un projet en Amérique du Sud.

— Et il n'y avait personne d'autre pour s'en occuper, j'imagine. Le scénario avait du sens maintenant, mais quand même. Une fois qu'on se charge d'un animal, il faut assumer ses responsabilités. Elle s'approchait maintenant de Neville et, quand elle fut à portée, elle se pencha et attrapa son collier. Le chien glapit de surprise et commença à se débattre, mais elle maintint sa prise fermement. — Oh non, tu ne t'échapperas pas, dit-elle au chien. Tu dois venir avec moi. Neville se tortilla encore un peu puis glapit quand elle le souleva. Elle le tenait de façon à ce qu'il soit face à l'extérieur. La dernière chose dont elle avait besoin aujourd'hui était d'être mordue par un chien inconnu.

— Bien joué ! dit Sylvia. Tu y es arrivée. Elle se tourna ensuite vers Angel, qui était silencieuse mais fixait toujours le petit chien, sa longue queue noire se balançant lentement d'avant en arrière. Maintenant, il ne me reste plus qu'à faire descendre Angel de cet arbre.

Helen serra le chien mécontent contre elle tandis qu'il continuait de se tortiller, essayant de s'échapper. — Chut, dit Helen. Je ne vais pas te faire de mal.

Comme s'il sentait qu'elle disait la vérité, il se calma et la laissa le tenir plus près.

— Il semble t'aimer, dit Sylvia.

— C'est un petit mignon. Il n'a pas l'air très vieux. Encore éducable. Le chien était passé de raide à docile dans ses bras, et maintenant il se blottissait contre elle. — Rentrons chez toi, mon petit, lui dit-elle d'une voix calme. Il habite juste là ? demanda-t-elle à Sylvia, hochant la tête vers la maison voisine.

— Oui. C'est la maison de Joe. S'il n'est pas à l'intérieur, il sera dans son atelier derrière. Il y a un assez bon éclairage entre les deux bâtiments. Sylvia reporta son attention sur le chat dans l'arbre. — Si tu ramènes notre petit visiteur chez lui, je vais voir ce que je peux faire pour faire descendre Angel. Ensuite, nous pourrons dîner.

Helen parlait à Neville tout en descendant le chemin vers la porte d'entrée de la maison voisine et, le tenant fermement d'un bras, frappa à la porte. Pas de réponse. Le petit Westie se tortilla à nouveau, et elle ramena son autre main autour de lui pour le maintenir immobile. — C'est bon. Tu pourras descendre dans quelques minutes. Allons d'abord te ramener à ton maître. Elle emmena le chien au coin de la maison vers l'arrière-cour, où un bâtiment annexe se dressait non loin. La porte du bâtiment était entrouverte, et elle pouvait voir de la lumière qui brillait dans l'obscurité. — Je pense qu'on l'a trouvé, murmura-t-elle au chien, et elle parcourut la distance entre les bâtiments. Elle frappa avant d'entrer mais, n'entendant pas de réponse, elle poussa la porte et entra dans la pièce chaude. Il lui fallut un moment pour que ses yeux s'adaptent à la lumière vive et quelques instants de plus pour comprendre ce qu'elle voyait.

La pièce était bordée d'étagères remplies de verrerie. Des bols, des verres, des cygnes, des tortues — chaque objet plus beau que celui d'à côté. Magnifique. Elle voulait parcourir les étagères et les toucher pour sentir leur beauté.

De l'autre côté de la pièce, un homme avec plus de cheveux gris que bruns lui tournait le dos et tenait une longue tige métallique dans un four flamboyant. Le chien gémit, et elle le fit taire pour ne pas surprendre l'homme, qui était manifestement absorbé par ce qu'il faisait. Que faisait-il, d'ailleurs ?

Le chien se calma à nouveau, et elle s'approcha pour avoir une meilleure vue. L'homme — probablement Joe — mesurait environ un mètre quatre-vingts et portait un t-shirt ample qui ne cachait pas le corps tonique en dessous. C'était un homme qui faisait soit beaucoup de travail manuel, soit passait beaucoup de temps à la salle de sport. Ses yeux glissèrent sur ses biceps, qui se contractaient alors qu'il tournait le tube métallique dans le four. Elle aimait la façon dont son jean usé moulait ses fesses. Cela faisait de nombreuses années qu'elle n'avait pas remarqué les fesses d'un homme ailleurs que sur un écran de cinéma. Mais les fesses d'écran ne comptaient pas. Elles n'étaient pas réelles. Joe — lui, il était réel. Sa main la démangeait de le toucher — juste pour être sûre.

Il recula et retira la longue tige du four. Au bout, elle pouvait voir un vase étincelant.

— Oh, dit-elle involontairement.

Le vase était bleu cobalt avec des tourbillons de blanc et d'argent parsemés partout. Comment avait-il fait ça ? Il se tourna vers elle, surpris.

— Oh, dit-elle à nouveau, cette fois en réponse à ses yeux.

Ils étaient d'un brun fondu, du genre à faire fondre plus d'un cœur. Approprié, vu le cadre. Et ses yeux s'intégraient si bien dans son visage masculin : des traits nets, des pommettes hautes, des lèvres qu'elle était sûre d'avoir un goût délicieux. Elle se lécha les lèvres. Ses sourcils étaient froncés en...

Colère ?

— Que faites-vous ici ? tonna-t-il, la faisant sursauter et desserrer sa prise. Neville se dégagea et sauta au sol.

Helen regarda l'homme, puis se retourna pour voir le chien partir.

— Attendez ! cria-t-elle alors que Neville galopait vers la porte et disparaissait dehors. Regardez ce que vous avez fait. J'étais juste en train de le ramener chez lui.

Elle commença à partir à la poursuite du chien.

— Qui êtes-vous ? demanda-t-il, l'arrêtant net.

— Helen, dit-elle, avant de se précipiter vers la porte.

— Helen, murmura Joe en regardant la déesse aux yeux verts qui avait envahi son atelier s'enfuir dans la nuit. C'était un nom approprié pour une déesse. Particulièrement une avec des cheveux auburn flamboyants. Il devrait la suivre, essayer d'attraper le petit chien, mais cela signifierait arrêter de travailler sur le vase, et il était presque terminé. S'il s'arrêtait maintenant, il perdrait l'élan du projet, et il devait le finir aujourd'hui. Il avait promis au couple que leur vase serait prêt pour leur dernière visite le lendemain après-midi.

Il travailla aussi vite que possible, son attention partagée entre le verre et ce qui se passait dehors. Comment le chien avait-il réussi à sortir de l'enclos qu'il avait construit ? Il pensait l'avoir rendu à l'épreuve de Neville cette fois, mais apparemment non.

Le vase se présentait bien, et il espérait qu'il répondrait à leurs attentes. Il pouvait dire que c'était important pour le couple. Leur tradition était d'incorporer les couleurs de leur mariage dans leur cadeau d'anniversaire mutuel. Pour leur deuxième anniversaire l'année précédente, ils avaient commandé une couette bleue et blanche en coton. Cette année, selon la tradition, ils marqueraient l'occasion avec du verre ou du cristal. Joe grimaça devant toute cette sentimentalité, mais qui était-il pour argumenter quand il était payé ?

Le verre avait enfin pris la forme qu'il avait envisagée, et il le plaça dans le four de recuisson pour refroidir lentement. Il rangea ses outils pour la journée et sortit, éteignant la lumière et se tournant pour verrouiller la porte.

La lune n'était pas brillante ce soir, mais les projecteurs de son système de sécurité éclairaient l'arrière-cour. Néanmoins, il marchait prudemment pour éviter les trous que Neville avait creusés. Cela faisait deux semaines, et Joe comblait les trous aussi vite qu'il les trouvait, mais il en avait découvert un autre ce matin-là quand il était sorti pour pailler les plates-bandes de légumes et les préparer pour l'hiver. Il marcha de l'autre côté de l'atelier, où il avait construit l'enclos pour chien, et prit la laisse de Neville accrochée au crochet. Il en aurait besoin s'il voulait le ramener à la maison. Maintenant, par où commencer ?

— Neville ? appela-t-il.

— Par ici, dit Helen depuis le coin éloigné de la cour. Oh, aïe !

Qu'avait encore fait ce chien ?

— Allô ? dit-il, marchant vers sa voix. Vous allez bien ?

— Je vais bien, dit-elle. J'ai juste un peu tordu mon pied. Vous avez des trous partout dans cette cour, vous savez.

— Fichu chien, dit-il à voix basse, accélérant le pas autant qu'il osait. Qui sait où Neville avait creusé au cours des deux dernières heures avant de s'échapper de la cour ? Il pouvait voir Helen maintenant, accroupie. Elle regardait Neville, qui s'était recroquevillé contre la clôture, gémissant en signe de protestation. Avec un peu de chance, il n'avait pas déjà creusé un tunnel d'évasion sous cette section de la clôture.

Helen se leva quand Joe s'approcha.

— Je n'arrive pas à le faire venir. Il a peur de moi maintenant. Je pensais que nous étions devenus amis.

Elle semblait déçue, et Joe eut soudain l'envie de la serrer dans ses bras et de l'assurer que ce n'était pas personnel. Au lieu de cela, il dit :

— Neville a sa propre volonté. Je pense que Zac, mon fils, essayait de le dresser avant de partir, mais aucune des leçons ne semble avoir porté ses fruits pour l'instant.

— Habituellement, cela a plus à voir avec le dresseur qu'avec le chien, répliqua-t-elle, mais elle sembla regretter ce qu'elle avait dit. Je ne veux pas dire que votre fils n'a pas essayé. Je veux dire, je ne l'ai même jamais rencontré.

— Zac n'a eu le chien que depuis deux mois, et puis il a appris l'opportunité au Nicaragua. Je ne pense pas que Neville ait eu plus de trois leçons. Une fois que ma saison chargée sera terminée, je l'emmè-nerai à l'école d'obéissance.

— Et d'ici là ?

— Je l'emmène en promenade et j'essaie de le fatiguer. Je lui ai aussi construit un en-clos... dont il semble s'être échappé. Je vais devoir trouver une autre solution pour demain. J'ai un salon artisanal la semaine prochaine pour lequel je dois me préparer.

— Il y a toujours la garderie pour chiots, dit-elle.

La garderie pour chiots. Pourquoi n'y avait-il pas pensé ? Ce serait cher, mais s'il ne maîtrisait pas le chien, il ne respecterait jamais ses délais.

— C'est une bonne idée. Je vais me renseigner là-dessus.

Elle lui sourit comme s'il venait de lui dire qu'elle avait gagné un million de dollars. Il pourrait regarder ce sourire toute la journée. Puis il se souvint de la dernière déesse aux cheveux auburn qui l'avait regardé comme ça, et il fronça les sourcils. Cela ne s'était pas bien terminé.

— D'abord, je dois l'attraper, dit-il, pour masquer son brusque changement d'humeur. Ce n'était pas la faute d'Helen si elle ressemblait à Maeve, et ce n'était pas la faute d'Helen si Maeve l'avait quitté pour l'observation des baleines et son ex-petit ami.

— Il viendra peut-être vers vous, dit-elle.

— Peut-être. Voyons voir.

Il s'approcha lentement de Neville, lui parlant aussi calmement que possible, essayant de contenir sa colère. Il essayait d'établir un rapport avec ce chien depuis deux semaines, et il pensait avoir fait une percée. Neville le regarda approcher, et ses gémissements se transformèrent bientôt en plaintes. Puis le chien vint vers lui, tête baissée en signe de soumission, présentant son collier pour que Joe puisse y attacher la laisse.

— Bon chien, dit Joe. Allons te chercher à dîner.

— Oh, bien, dit Helen, marchant à côté d'eux. Je commençais à penser que je serais ici toute la nuit.

Ils marchèrent jusqu'à l'avant de la maison, et il s'arrêta devant la porte d'entrée. Elle se pencha pour caresser la tête de Neville, et le chien remua la queue si fort que tout son corps trembla.

— On dirait qu'il est redevenu votre ami, dit Joe, la regardant.

Elle se releva et le fixa de ses yeux envoûtants. Verts comme l'herbe fraîche parsemée de paillettes d'or. Il ne voulait pas cligner des yeux. Puis il entendit un grondement, différent cette fois de celui de Neville, et Helen rougit d'embarras.

— Désolée, je n'ai pas encore dîné. Je devrais y aller.

Son estomac grogna à nouveau, comme pour appuyer ses dires. Mais elle ne bougea pas — elle resta là, à le regarder.

— Merci de l'avoir ramené, dit-il, essayant de prolonger la conversation un peu plus.

— Pas de problème. Mais on m'attend pour le dîner. Je devrais partir.

Ce n'est que lorsqu'elle eut descendu le chemin — et quitté sa vie — qu'il réalisa qu'il ne savait ni qui elle était ni où elle avait trouvé Neville. Il entendit un petit gémissement et baissa les yeux vers le chien, qui regardait au loin.

— Je sais, mon gars. Je l'aimais bien aussi, dit-il. Mais elle a déjà des gens qui l'attendent. Allons-y. Il est temps de manger.

Dans la rue, Helen s'arrêta un moment et se retourna vers la maison qu'elle venait de quitter. Avait-elle imaginé cela ? Ou avait-il semblé aussi attiré par elle qu'elle l'était par lui ? Sans le chien et son estomac qui grondait, elle serait peut-être restée pour voir où cela menait. Mais il était le voisin de Sylvia, et elle ne voulait pas s'embarrasser en le draguant. De plus, il regardait probablement toutes les femmes de cette façon. Intensément. Avec ces beaux yeux sombres. Comme s'il voulait les dévorer. Son estomac grogna à nouveau. Cela l'incita à mettre de côté ses pensées sur Joe pour le moment et à retourner chez Sylvia.

En descendant l'allée, Helen leva les yeux vers l'arbre dans la cour avant et fut heureuse de constater qu'il n'y avait plus de chat. *Bien.* Avec un peu de chance, le reste de la soirée serait moins mouvementé. La journée avait été longue. Enseigner, conduire et attraper des chiens était un travail difficile. Elle avait hâte de déguster un des repas faits maison de Sylvia et un verre de vin.

Elle se dirigea vers sa voiture, soulagée de trouver son sac à main toujours sur le plancher côté passager. Heureusement, elle était à Sunshine Bay plutôt qu'ailleurs où son sac aurait pu « disparaître ». Elle prit son sac de voyage et la bouteille de vin qu'elle avait apportée, puis gravit les marches du porche.

Sylvia ouvrit la porte à la volée avant qu'Helen ne puisse frapper.

— Enfin ! J'allais justement envoyer Jack te chercher.

Elle prit la bouteille de vin de la main tendue d'Helen.

— Oh, merci. Ça ira bien avec le dîner.

Elle ouvrit la porte plus grand et recula.

— Entre. Jack ! Helen est de retour. On peut arrêter les recherches.

Jack, un homme aux cheveux blancs qui rappelait toujours à Helen une version plus mince du Père Noël, entra dans le hall.

— Neville s'est encore échappé ? demanda-t-il.

— Comment le sais-tu ?

Sylvia rit.

— Ce chien est un vrai artiste de l'évasion. Jack, peux-tu montrer à Helen sa chambre et où déposer ses affaires, s'il te plaît ?

Puis elle se tourna vers Helen.

— Ensuite, reviens tout de suite. Le dîner est prêt.

Helen suivit Jack à l'étage jusqu'à la chambre d'amis et déposa ses bagages à l'intérieur de la porte. C'était une chambre confortable, toute en gris et blanc, avec un grand lit à baldaquin qui semblait aussi doux qu'un lit de plumes.

Elle utilisa la salle de bains attenante, qui était tout aussi accueillante que la chambre, jusqu'aux bougies parfumées, au pot-pourri dans un bol en cristal et aux grandes serviettes moelleuses. C'était une bonne idée d'être venue ici ce week-end. C'était comme rentrer à la maison dans un endroit où elle était en sécurité et désirée, et cela faisait longtemps qu'elle n'avait pas senti que les gens voulaient être en sa compagnie.

Helen retourna rapidement à la cuisine pour aider Sylvia à apporter la nourriture à table. Angel, le chat, était blotti sur le siège de la grande fenêtre en baie à l'avant de la pièce, ronronnant bruyamment. Content.

— Elle n'a pas l'air d'avoir souffert de son aventure avec Neville, dit Helen, faisant un signe de tête vers le chat.

— Je pense qu'elle s'habitue à Neville. L'arbre est sa voie d'évacuation préférée. Il ne peut pas l'attraper, et elle sait que je viendrai vite la secourir. J'aimerais que Joe ait quelqu'un pour l'aider. Je sais à quel point il est occupé à cette période de l'année.

— Il fait de belles choses, n'est-ce pas ? dit Helen. L'atelier m'a plutôt étonnée. Je m'attendais à un vieux atelier de menuiserie ou quelque chose comme ça.

— Tu as de la chance d'avoir pu voir son atelier à cette période de l'année. D'habitude, il fait des portes ouvertes quand il a de l'aide, mais dernièrement, il a travaillé beaucoup plus seul.

— Bethany est partie à l'école cette année, dit Jack.

— Bethany ? demanda Helen.

— Bethany a travaillé avec Joe ces deux ou trois derniers étés. Cette année, elle a commencé à étudier le soufflage de verre dans une université en Ontario. Elle sera de retour pour Noël, mais je ne pense pas que cela inclue d'aider Joe, dit Jack.

— Il devrait probablement mettre Neville en garderie pour le reste de sa saison chargée, dit Sylvia. Ce chien a besoin de beaucoup plus d'attention qu'il n'en reçoit.

— C'est un mignon petit gars, quand même.

Helen repensa à la façon dont le petit chien lui avait souri quand elle l'avait laissé avec Joe. *Un grand gars mignon aussi*, songea-t-elle. Mais pas pour elle. La dernière chose qu'elle voulait était de s'impliquer avec le voisin de son amie, surtout un qui n'était pas un amoureux des chiens.

Pendant qu'ils mangeaient, ils se mirent au courant de ce qui se passait dans la vie de chacun. Quand ils eurent fini, Jack s'excusa pour aller regarder une émission, et les deux femmes se dirigèrent vers la cuisine pour nettoyer.

— Comment vas-tu *vraiment* ? demanda Sylvia en tendant une assiette à Helen pour qu'elle l'essuie. Je sais que cette année n'a pas été facile pour toi.

— J'ai hâte de venir ici pour Noël. Depuis que tu me l'as proposé, l'idée a fait son chemin. Cela me permettra d'explorer la ville et de rencontrer quelques personnes. J'ai de merveilleux souvenirs de mon séjour ici.

— J'aimerais juste que tu puisses venir un peu plus tôt, dit Sylvia. Jack veut rendre visite à son cousin et visiter quelques endroits qu'il fréquentait en grandissant.

Elle s'arrêta et baissa les yeux.

— Oh, bonjour. Tu es prête pour ton dîner ?

Angel se frottait contre la jambe de Sylvia, la queue dressée.

Helen se pencha pour caresser le chat, et Angel s'éloigna.

— Il lui faut du temps pour s'habituer aux gens. Mais elle n'a pas fui, donc on dirait qu'elle t'aime bien, dit Sylvia.

Elle ouvrit une boîte de nourriture pour chat.

— Allez, viens, dit-elle à Angel en versant le contenu de la boîte dans un plat à côté du comptoir.

Le chat s'approcha pour son souper.

— Je suis contente qu'elle ne t'ait pas prise en grippe instantanément. Ça rend les choses plus faciles pour partir.

Helen prit son tour à l'évier pour laver la tasse suivante.

— Quand vouliez-vous partir ? Mon contrat se termine deux semaines avant Noël. La femme que je remplace revient à temps partiel à partir de la semaine pro-chaine, donc j'aurai le temps de régler certaines choses à la maison. Je pourrais venir plus tôt.

— Vraiment ? sourit Sylvia. Ce serait merveilleux. Jack attend ce voyage dans l'Okanagan avec impatience, et comme nous voulons rendre visite à autant de personnes que possible, il espérait partir le seize décembre. Bien sûr, il faudra que je trouve quelqu'un pour me remplacer dans mes activités bénévoles si je veux faire ça.

Elle se parlait à elle-même maintenant, songea Helen. Peut-être pourrait-elle aider — et explorer davantage cette ville par la même occasion. S'inscrire sur la liste des enseignants suppléants. Regarder quelques propriétés. *Ne va pas trop vite*, pensa-t-elle, mais rencontrer des gens serait un bon début.

— Je pourrais peut-être faire une partie de vos activités bénévoles à votre place, proposa-t-elle.

Sylvia se tourna vers elle avec surprise. — Je n'y avais pas pensé, mais ce serait la solution parfaite. Cela vous donnerait quelque chose à faire pendant votre séjour ici, vous permettrait de rencontrer de nouvelles personnes et vous donnerait une meilleure impression de notre petite ville.

— Comme un essai sans obligation d'achat, dit Helen. Quels types d'engagements avez-vous pris ?

Plus important encore, dans quoi s'embarquait-elle ?

— Le Festival des Arbres et la vente aux enchères la veille de Noël. C'est plutôt comme une fête familiale en intérieur. Il y a beaucoup d'activités pour les enfants, et une vente aux enchères d'arbres remplis de décorations de Noël — les décorations, pas les arbres. Chaque arbre est parrainé par une entreprise de la ville et mis aux enchères à la fin de la soirée. C'est une collecte de fonds pour l'hôpital. Le lendemain, il y a un Festin d'Hiver Communautaire. C'est un moment formidable. Nous avons un buffet qui propose un repas de Noël traditionnel mais avec d'autres options — de tout, du biriyani aux plats végétaliens. Un peu pour tous les goûts. J'ai accepté d'aider à trouver la nourriture et à organiser les bénévoles. Normalement, je resterais aussi pour décorer, aider à préparer le dîner, et parfois nous y assistons même. C'est toujours très amusant. Il y a des chants en groupe, une représentation du club de théâtre local, une lecture d'un des contes de Dickens, et d'autres histoires du monde entier. Toutes sortes de choses.

Ses yeux brillaient, et Helen ne pouvait s'empêcher de ressentir son enthousiasme.

— Ça a l'air très amusant.

— Et ce n'est pas tant de temps que ça, vraiment. Quelques heures par semaine pour commencer. Quelques jours avant les événements, il y a plus d'engagement, mais c'est un groupe de bénévoles talentueux. Qu'en pensez-vous ?

— Je pense que ça a l'air parfait, dit Helen. Cela lui donnerait quelque chose à faire pendant la période des fêtes, et aider les autres était le meilleur moyen qu'elle connaissait pour atténuer la solitude.

Sylvia s'essuya les mains sur le torchon et le mit de côté. — J'ai hâte de le dire à Jack. Il va être tellement content qu'il va exploser.

Helen rangea les dernières assiettes et mit la bouilloire pour le thé. Ce serait bien de passer plus de temps ici, pour voir si la ville lui conviendrait comme nouveau chez-soi.

Et cela lui permettrait de s'éloigner de Sam et Jillian. Elle ne pouvait vraiment pas supporter une autre année à les voir ensemble alors qu'elle serait seule à côté. Elle pensa à l'enveloppe manila non ouverte dans ses bagages à l'étage. Peut-être que bientôt, elle pourrait enfin laisser partir leur mariage.

Sam l'avait déjà fait.

CHAPITRE 4

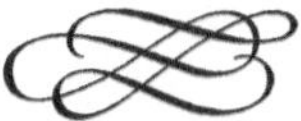

Helen travaillait à temps partiel pendant le reste du mois de novembre et consacrait le reste de son temps à s'attaquer aux deux dernières pièces qu'elle n'avait pas eu le temps de faire pendant les vacances d'été.

Cela lui prit plus de temps et d'énergie qu'elle ne l'avait pensé. Chaque bibelot et vêtement, vieille lampe et ornement renfermait un souvenir de temps meilleurs — ou du moins de temps qu'elle croyait avoir été meilleurs. Sam faisait partie de tout, et bien qu'il fût difficile de se séparer de ces objets, le plus dur était de laisser partir les choses de l'époque où Kim était petite.

Ils avaient été heureux à cette époque. Ou du moins, c'est ce qu'elle avait cru. Même quand Sam était absent pour des conférences ou des formations liées à son travail de conseiller financier, elle avait adoré ces années-là. C'était à cette époque que Jill était entrée dans sa vie, et elles faisaient tout ensemble : elles élevaient leurs enfants et partageaient leurs secrets, leurs rêves, leurs peurs et leurs joies.

C'était plus difficile qu'elle ne l'avait prévu de trier les souvenirs de Jillian : le tricot d'un cours que Jill avait voulu suivre, les peintures et la lampe en vitrail des cours auxquels Helen avait traîné Jill. Jill était comme la sœur qu'elle n'avait jamais eue, et elle l'avait perdue. Elle avait perdu toute sa famille en l'espace de quelques mois.

On frappa à la porte, et elle l'ouvrit pour trouver Jill sur le pas de sa porte.

— Que fais-tu ici ?

Elle avait envie de hurler, de crier et de jeter des objets, mais à la place, elle compta à rebours dans sa tête, essayant de rester calme.

— Je suis venue te parler, dit Jill. Je voulais... t'expliquer.

— Jill, il est trop tard pour des explications. Tu as volé ma vie.

— Mais tu n'aimais pas vraiment ta vie, pourtant. Tu me disais souvent à quel point il t'ignorait. À quel point vous étiez mal assortis. Comment vous vous étiez éloignés l'un de l'autre.

— Mais pourquoi fallait-il que ce soit *toi* qui me le prenne ? Je te faisais confiance. Je t'aimais comme une sœur.

— Je t'aimais aussi. Je n'ai jamais voulu te faire de mal. Je... On ne choisit pas de qui on tombe amoureux, Helen. Je...

— Je pense que tu ferais mieux de partir.

Helen commença à fermer la porte, maudissant intérieurement Jill. Comment avait-elle pu faire confiance à cette femme ? Comment avait-elle pu ne pas savoir ?

— Tu sais que tu ne l'aimes plus, dit Jill en mettant son pied dans l'embrasure de la porte et en forçant le passage. Signe les papiers. Laisse-le partir.

— Sors d'ici, Jill.

— Pourquoi ne recommences-tu pas à zéro ? Vends la maison. Elle est trop grande pour toi maintenant que Kim est partie.

— Tu veux que je disparaisse discrètement ?

— Non, dit Jill. Je ne m'exprime pas bien. C'est juste que tu as toujours voulu plus. Peut-être qu'il est temps pour toi de voyager ou de peindre ou... de faire toutes ces choses que Sam n'a jamais voulu faire.

— Jill, pourquoi es-tu ici ?

— Il m'a demandé en mariage, dit-elle. Je ne veux pas te blesser, mais... pour le bien de notre amitié, toutes ces années passées ensemble...

— Sors.

Helen se sentit glacée de l'intérieur. Voici son ancienne meilleure amie, qui connaissait tous ses secrets, essayant d'utiliser ces secrets contre elle.

— S'il te plaît, Helen. Tu sais que tu ne veux plus de lui.

Jill recula sur le porche.

— Sors de chez moi ! dit Helen. Et si tu sais ce qui est bon pour toi, tu ne reviendras pas.

Jill eut l'air comme si Helen l'avait frappée. Elle recula et descendit les marches du porche. — Je suis désolée de la façon dont tout cela s'est passé, dit Jill. Mais il est temps...

Helen claqua la porte au nez de son ancienne amie et retourna dans la pièce qu'elle débarrassait avec un regard différent. Chaque objet qui représentait quelque chose qu'elle et son ancienne amie avaient fait ensemble se retrouva bientôt dans une grande poubelle qu'elle emporta dans le jardin. Elle avait besoin de feu pour cela. Du feu pour consumer la vieille tristesse. Peut-être qu'alors elle pourrait le laisser partir. Elle alluma la première chose, une de ses premières tentatives de peinture à l'huile, et la jeta dans le baril de brûlage, puis morceau après morceau de leur vie partagée partit dans les flammes.

En regardant les flammes grandir, elle pensa à Joe devant le four, créant quelque chose de beau à partir du verre en fusion. C'est ce qu'elle devait faire. Créer une nouvelle vie à partir des cendres. Non pas qu'elle voulait remplacer Sam par un autre homme comme Jill l'avait fait avec son propre mari. Elle voulait laisser partir son passé et aller de l'avant — mais pas parce que Jill le lui demandait, et pas selon le calendrier de Jill. Elle signerait ces papiers quand elle serait prête, et pas avant.

CHAPITRE 5

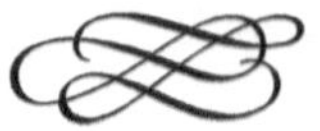

Trois semaines plus tard, Helen verrouilla sa maison pour la deuxième fois en un mois et prit la route pour Sunshine Bay. En se garant dans l'allée de Sylvia, elle regarda l'arbre voisin et fut déçue de ne pas y trouver Neville en train d'aboyer, bien qu'elle eût peur d'en examiner la raison. Elle ne voulait pas non plus réfléchir à pourquoi, ces dernières nuits, elle avait fait des rêves qui la faisaient se réveiller trempée de sueur — et pas le genre qui venait d'une bouffée de chaleur.

Sylvia l'accueillit à la porte et l'aida à porter ses sacs jusqu'à sa chambre. — Je suis si contente que tu sois là, dit Sylvia. J'ai invité le comité du Festival des Arbres pour te présenter. Ils seront là juste après le dîner.

— Tu me jettes dans le grand bain ? dit-elle en posant ses bagages.

— Ce n'est pas comme si tu n'étais pas déjà une nageuse chevronnée, rit Sylvia. Si tu peux gérer des préados nageant dans une soupe d'hormones, tu peux faire ça.

— Je suppose que tu as raison.

Helen écouta pendant que Sylvia lui montrait où elle pouvait ranger ses affaires. La moitié d'un placard et deux tiroirs vides avaient été libérés et mis de côté pour elle. Ce sentiment d'être désirée s'insinuait à nouveau en elle, et c'était tellement agréable.

Elles dînèrent tôt, et Sylvia disposa des carrés de dessert et des biscuits au sucre sur une assiette pendant qu'Helen préparait le thé et le café pour les invités attendus.

La première à arriver fut Estelle, qui rappelait à Helen une aimable matrone. Elle gardait ses cheveux blancs tirés en chignon et portait un ensemble de pull élégant et un pantalon repassé. Elle donnait l'impression de quelqu'un qui était aux commandes, et ce ne fut pas une surprise d'apprendre qu'elle était la présidente du comité.

Les deux suivantes, Michelle et Lydia, arrivèrent ensemble. Michelle avait les cheveux courts et foncés et portait des leggings et un T-shirt. Elle était professeure de yoga avec un cours à donner à sept heures trente. La salle de sport était juste au bout de la rue, et elle donna sa carte à Helen. — Peut-être que vous aimeriez vous inscrire à quelques cours pendant que vous êtes ici. Si vous leur donnez ma carte, vous pouvez obtenir dix pour cent de réduction sur vos dix premiers cours.

— Toujours la vendeuse, rit Sylvia, et Michelle sourit. — Et nous apprécions tes compétences quand il s'agit de vendre des billets, n'est-ce pas, Lydia ?

Lydia, une femme mince qui semblait avoir entre trente-cinq et quarante ans, gloussa. — En effet. Elle tendit la main à Helen. — Je suis la trésorière du comité. Bienvenue, et merci d'avoir accepté de reprendre certaines des tâches de Sylvia. Elle nous manquera.

— Merci de me laisser aider, dit Helen. J'espère pouvoir être utile en son absence. J'ai travaillé sur quelques projets avec Sylvia par le passé quand nous nous sommes retrouvées toutes les deux dans des comités d'enseignants. C'est une vraie force de la nature.

Sylvia balaya le compliment d'un geste de la main et alla répondre à la sonnette.

— Désolé d'être en retard, dit une voix masculine familière depuis l'entrée.

— Ce n'est pas grave, dit Sylvia. Nous sommes en train de nous installer. Tout le monde se tourna vers le nouveau venu alors qu'il entrait dans la pièce. — Joe, je crois que tu as rencontré mon amie Helen Baker la dernière fois qu'elle était ici. Elle va s'occuper d'Angel ce mois-ci, et elle a accepté de prendre en charge mes tâches pendant que Jack et moi serons absents.

Helen resta assise, stupéfaite. Si elle avait pensé qu'il avait l'air beau dans l'obscurité et dans ses rêves, elle s'était grandement trompée. En pleine lumière et bien apprêté, l'homme était magnifique. Et maintenant elle faisait partie d'un comité où elle devrait travailler plus étroitement avec lui.

Ce voyage devenait de mieux en mieux.

Joe fut momentanément réduit au silence par la vue de la femme à laquelle il n'avait pas pu s'empêcher de penser depuis des semaines. Elle avait disparu dans la nuit, et maintenant, juste au moment où il avait décidé qu'elle était une création de son imagination, elle était là. À côté. Dans la maison de Sylvia et Jack.

— Je peux prendre votre manteau ? demanda Sylvia.

— Oui, bien sûr. Il tâtonna avec les boutons de son manteau, l'enleva et le tendit à Sylvia, qui avait un air amusé sur le visage. — Bienvenue à Sunshine Bay, Helen, dit-il en s'approchant de la pièce.

— Oh, vous pouvez vous asseoir ici, dit Lydia en se décalant pour qu'il puisse se faufiler. Il la regarda elle et la place à côté d'elle, puis chercha d'autres chaises dans la pièce. Elles étaient toutes prises. C'était sa faute pour être en retard, supposa-t-il, bien qu'en vérité ce fût la faute de Neville. Le petit diable s'était enfui quand Joe avait essayé de lui mettre sa laisse pour une promenade. Neville voulait toujours jouer quand c'était le moins commode.

— Merci, murmura-t-il en s'installant sur le canapé à côté de Lydia, leurs cuisses se touchant par manque d'espace. Il ne connaissait pas Lydia depuis longtemps, mais elle avait le don de lui garder des places, de le rejoindre pour les mêmes tâches au travail et d'être physiquement proche de lui. C'était déconcertant. C'était une femme agréable à regarder — de longs cheveux noirs, en forme grâce à ses séances de yoga au studio de son amie — et elle était gentille, un bon atout pour n'importe quel comité, mais il n'y avait pas d'étincelle entre eux. Il ne savait pas comment lui dire qu'il n'était pas intéressé sans la blesser. Alors il avait toujours simplement ignoré ses avances. Maintenant, cependant, Helen le regardait avec un air de doute. Mais son expression changea pour de la surprise quand Angel, le chat, sauta sur ses genoux.

Pour désamorcer la situation, il rit. — Eh bien, bonjour toi. Le chat pétrit ses pattes sur sa jambe, s'installa sur ses genoux et se mit à ronronner.

— Je ne suis pas sûre de devoir partir, dit

Sylvia. Angel va oublier que j'existe avec vous et Helen dans les parages.

Un petit rire tinta de l'autre côté de la pièce, et Helen dit : — Aucune chance que cela arrive. Elle sait qui la nourrit.

Il aimait le rire d'Helen. Il était contagieux, tout comme son sourire. Il aimait tout ce qu'il savait d'elle jusqu'à présent. Y compris le fait qu'elle n'était que de passage. S'il l'invitait à dîner ou à prendre un café, il n'y aurait aucune crainte d'un engagement à long terme. Et quand elle repartirait, il n'y aurait pas de rancœur. Une relation parfaite, vraiment. Le seul type dans lequel il s'était engagé depuis son divorce.

— Quand est-ce que Jack et toi quittez la ville, Sylvia ? demanda-t-il. Si elle partait bientôt, ce ne serait que courtois de sa part de faire visiter la ville à Helen.

— Demain matin à la première heure, dit Sylvia. Dès que nous aurons installé Helen.

— Eh bien, Helen. Il se tourna vers elle. S'il y a quoi que ce soit dont vous avez besoin quand Jack et Sylvia seront partis, n'hésitez pas à m'appeler. Sylvia a mon numéro.

— Oui, je m'assurerai que tu l'aies avant mon départ, dit Sylvia à Helen. Mais elle regardait droit vers Joe en le disant. Sachant à quel point Neville finit souvent par venir ici, tu pourrais en avoir besoin.

— Qui est Neville ? demanda Lydia.

Helen rit à nouveau. — Neville est le chien de Joe, et il a l'habitude de s'absenter de chez lui sans permission. Elle se tourna vers Joe, et il ne put s'empêcher de lui sourire en retour. Avez-vous réussi à réparer son enclos ?

— Oui, et j'ai suivi votre conseil en l'envoyant à la garderie ces deux dernières semaines. Il est épuisé quand il rentre à la maison, mais malheureusement, j'aurai besoin d'un plan B pour les prochaines semaines. La garderie est complète avec les chiens en pension pendant les vacances.

— Eh bien, s'il y a quoi que ce soit que je puisse faire pour vous aider avec Neville, je serais ravie de le faire, dit Helen. C'est une petite chose adorable.

— Quelle race de chien est-ce ? demanda Lydia, et Joe se détourna à contrecœur d'Helen pour lui répondre.

— Un Westie. C'est en fait le chien de mon fils.

— Je ne savais pas que vous aviez un fils, dit Lydia. Dans quelle école va-t-il ?

— Mon fils a trente ans. Il vit à Vancouver. Et en ce moment, il est en voyage au Nicaragua avec sa femme. Peut-être que si elle comprenait l'âge de son fils, elle perdrait intérêt.

Les yeux de Lydia s'écarquillèrent, et sa bouche forma un O de surprise. *Bien.* Son commentaire avait fait mouche.

— Vous n'avez pas l'air assez vieux pour avoir un fils de trente ans, lâcha Lydia. Il avait mal calculé l'impact de l'âge de son fils. Ce n'était pas la première fois qu'une femme lui disait cela — comme si la flatterie pouvait d'une manière ou d'une autre effacer leur différence d'âge.

— Eh bien, je le sens parfois, dit-il.

— Depuis combien de temps vit-il loin de chez vous ? demanda Helen.

— Dix ans. Bien que j'ai l'impression que c'était hier qu'il était ici.

— Je sais ce que vous voulez dire. Ma fille a quitté la maison il y a cinq ans pour aller à l'université à Vancouver, et puis cet été, elle s'est mariée et a déménagé dans l'est à Toronto. Elle me manque tous les jours.

— Donc elle a... quoi ? Vingt-trois ans environ ?

— Oui. Un peu jeune pour le mariage, mais ils vont très bien ensemble.

Michelle les interrompit. — Écoutez, j'ai un cours à donner ce soir. Y a-t-il quelque chose de spécifique dont nous devons discuter ce soir ?

Estelle saisit l'occasion et ouvrit la séance. Ils passèrent les quarante minutes suivantes à se répartir les tâches. Lydia et Michelle partirent juste après la réunion pour se rendre à leur cours de yoga, et Joe se leva également pour partir. Il devait finir le reste des décorations pour l'arbre qu'il parrainait cette année, mais il ne voulait pas qu'Estelle sache qu'il était en retard.

— Joe, dit Estelle, je veux que vous preniez Helen sous votre aile puisque vous vivez juste à côté. Pouvez-vous vous assurer qu'elle sache où aller et comment s'y rendre pour le Festival des Arbres ? Ça va être beaucoup de travail au cours des deux prochaines semaines pour préparer le festival et le dîner.

Joe se tourna vers Helen, qui semblait retenir son souffle. — Absolument, dit-il.

Vous pouvez compter sur moi. Et il fut récompensé par le sourire le plus radieux qu'il ait vu depuis très longtemps.

Alors qu'il partait, Helen s'approcha de lui et dit : — J'étais sérieuse, vous savez. Si vous avez besoin de quelqu'un pour promener Neville le matin, faites-moi signe. Ça me donnerait quelque chose à faire.

— Vous êtes sérieuse ? Il doit marcher à sept heures du matin.

— Je me lève tôt tout le temps. Je pourrais commencer demain si vous voulez. Sylvia et Jack prennent le premier ferry, donc ils seront partis d'ici là.

— D'accord, je vous verrai demain. J'aurai préparé le café.

Joe avait envie de sauter de joie en rentrant chez lui. Il passa l'heure suivante à ranger le désordre dans le salon et à nettoyer la cuisine. Si elle venait chez lui pour prendre un café, il ne voulait pas l'effrayer.

CHAPITRE 6

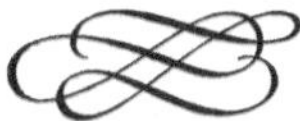

Sylvia et Jack étaient partis avant l'aube, laissant Helen et Angel seules pour la première fois. Helen alla dans la cuisine pour remplir les gamelles d'eau et de nourriture d'Angel, puis se tourna vers le chat.

— Alors, qu'est-ce que tu fais aujourd'hui ?

Angel cligna lentement des yeux, se dirigea vers le salon, se pelotonna sur le siège près de la fenêtre et ferma les yeux.

— Eh bien, puisque tes projets ne m'incluent pas, je vais sortir faire une promenade.

Elle enfila ses vêtements d'hiver et ses chaussures de marche, verrouilla la porte derrière elle et marcha rapidement jusqu'à la maison de Joe. Les promenades de Neville étaient à sept heures, alors elle voulait arriver à l'heure.

Son cœur battait la chamade lorsqu'elle arriva à côté — non pas à cause de la marche rapide, mais à cause de l'anticipation de voir Joe. Elle s'était réveillée dans des draps humides une fois de plus, inondée de souvenirs oniriques de chaleur, de peau, de lèvres et de... Elle réprima ses visions. La dernière chose dont Joe avait besoin quand il ouvrirait la porte était une femme qui semblait prête à lui sauter dessus.

Il n'était probablement même pas intéressé par une femme de son âge alors qu'il avait de jeunes femmes comme Lydia qui le désiraient. Elle repensa à la soirée de la veille et essaya de voir ce qu'elle n'avait pas vu avec Sam et Jillian — une attirance qui fleurissait juste sous son nez.

Elle s'approcha de sa porte d'entrée et frappa, chassant les pensées de Jill et Sam jusqu'à plus tard. Beaucoup plus tard. Pour l'instant, elle voulait juste voir Neville et l'emmener en promenade. Lui, au moins, on pouvait toujours compter sur son honnêteté et sa franchise. Les chiens étaient honnêtes et toujours heureux de vous voir, quoi qu'il arrive.

La porte s'ouvrit, et Joe était là dans un T-shirt très semblable à celui qu'elle avait enlevé dans son rêve la nuit précédente. Sa peau se réchauffa à cause du rouge qui envahit tout son corps, et elle se concentra rapidement sur le chien qui réclamait son attention avec de petits gémissements et une queue qui remuait.

— Bonjour, dit-elle, jetant un coup d'œil à Joe avant de se pencher pour caresser le petit chien. Tu es prêt pour ta promenade ?

— Voudrais-tu commencer par une tasse de café ? Je viens de finir d'en préparer. Sa voix profonde était apaisante, et elle attendit que son rougissement s'estompe avant de se redresser.

— Ce serait génial. J'en ai pris une tasse avec Sylvia et Jack il y a environ une heure, mais je pourrais en reprendre une maintenant que je suis réveillée. Cela lui donnerait l'occasion de lui parler sans avoir des trentenaires accrochés à lui — une chance de voir si son attirance était, ou pourrait être, réciproque.

— J'ai aussi des muffins aux myrtilles, si tu en veux un. Je les ai achetés à la boulangerie hier.

— Ça a l'air fantastique. Je n'ai pas encore pris de petit-déjeuner. Elle prenait rarement de petit-déjeuner quand elle ne travaillait pas, mais aujourd'hui elle ferait une exception.

Ils s'assirent à table, et elle prit une gorgée de café. — C'est bon.

— Je l'achète dans un petit bistrot à quelques pâtés de maisons d'ici. Le Bee-hive torréfie ses propres grains éthiques, alors j'aime les soutenir.

— Il faudra que j'essaie. Je suis toujours à la recherche d'une bonne tasse de café.

Neville dansait autour de leurs pieds, pensant peut-être qu'il obtiendrait un morceau ou deux de ce que les humains mangeaient. — Je ne pense pas que tu aimeras ça, lui dit Joe. Tu devrais aller voir la nourriture dans ta gamelle là-bas.

— Neville. Arrête, dit Helen. Puis-je essayer quelque chose ? demanda-t-elle à Joe. As-tu des friandises pour chien ?

— Bien sûr. Il haussa les épaules. Là-bas dans le placard au-dessus du comptoir.

Elle prit les friandises, en mettant quelques-unes dans sa poche pour plus tard, puis en montra une à Neville. — Regarde-moi, dit-elle, et le petit chien leva les yeux et reçut une friandise. Regarde-moi.

Encore une fois, il fut récompensé pour avoir levé les yeux.

— D'accord, bon début. Maintenant. Regarde-moi encore. Elle prit la friandise et la plaça dans sa gamelle. Voilà. Mange ton petit-déjeuner.

Neville s'approcha de la gamelle et mangea la nourriture, et Helen retourna à table pour boire son café.

— Où as-tu appris ça ?

— J'avais un chien quand j'étais enfant.

— Que fais-tu quand il revient mendier à table ?

— Je l'ignore. Si tu le récompenses, il continuera à mendier. Quand il ne mendie pas, tu le récompenses en lui demandant de faire autre chose. Il doit savoir que c'est toi qui es aux commandes.

— Je vais essayer ça. Merci pour le conseil.

— Pas de problème. Si ça ne te dérange pas, j'essaierai de lui apprendre à marcher au pied quand nous serons en promenade.

— Absolument, si tu promets de me montrer comment faire. Il mit un muffin sur une assiette et le plaça devant elle. Du beurre ?

— Non, merci. Ça a l'air parfait comme ça.

— As-tu des animaux maintenant ?

— Non. J'avais un chat, mais c'était celui de mon mari. Il l'a pris avec lui quand il est parti.

— Il y a combien de temps qu'il est parti ? Il la regarda directement dans les yeux en posant la question, comme s'il demandait peut-être autre chose.

Elle le regarda en retour jusqu'à ce que la connexion devienne trop intime. Elle baissa les yeux sur son assiette et déchira un morceau de muffin.

— Un an.

— Je suis désolé.

Elle leva les yeux, et il avait l'air sincèrement désolé. Plus désolé, en fait, que beaucoup de ses anciens amis l'avaient semblé en prononçant les mêmes mots. Elle ne pouvait s'empêcher de se demander, encore une fois, combien de personnes avaient été au courant de la liaison et depuis combien de temps elle durait.

— Eh bien, il n'y a rien à y faire. Il ne reviendra pas.

Sa voix s'adoucit alors qu'elle essayait de contenir l'émotion qui s'insinuait en elle chaque fois qu'elle pensait à cette trahison. Elle ne voulait pas que sa colère et sa douleur s'interposent entre elle et les habitants de Sunshine Bay, surtout Joe.

— Et toi ? Y a-t-il une femme dans ta vie ?

Elle devait poser la question. Peut-être que si elle avait posé des questions plus directes à Sam au lieu de tourner autour du pot et de supposer que tout allait bien, elle aurait tout compris plus tôt.

— Non. Ma femme m'a quitté... nous a quittés... mon fils et moi... quand Zac avait six ans. Elle est retournée travailler sur un navire de recherche... et auprès d'un homme qu'elle avait connu avant moi.

— Oh.

Elle posa sa main sur son bras.

— Je suis désolée. Ça a dû être dur.

Il baissa les yeux vers sa main, mais ne bougea pas son bras. Puis il posa son autre main sur la sienne.

— Merci. C'était il y a longtemps, et il m'a fallu des années pour lui pardonner, mais c'est la vie qui lui convient. Elle aurait détesté vivre ici à Sunshine Bay. Alors que je considère cet endroit comme un paradis, elle le voyait comme une cage. Et la maternité, du moins dans sa forme traditionnelle, n'était pas pour elle. Elle prenait Zac chaque été pendant un mois, cependant, et ils sont restés en contact au fil des ans grâce au téléphone satellite, aux conversations vidéo et autres.

Ses yeux se voilèrent comme s'il se remémorait quelque chose de lointain. Il était évident qu'il avait aimé sa femme autrefois. Peut-être l'aimait-il encore.

— Et tu n'as jamais ressenti le besoin de te remarier ?

Il se recula, remettant ses mains sur ses genoux et brisant leur connexion ténue.

— Non. J'ai eu quelques aventures au fil des ans, mais rien de sérieux. J'avais Zac. Il était ma personne principale. Et j'avais mon travail.

Il jeta un coup d'œil par-dessus son épaule à l'horloge.

— En parlant de ça, je dois y retourner. J'ai encore quelques décorations à faire pour l'arbre de cette année.

— Tu fabriques des décorations pour le festival de l'arbre ?

— Chaque année. L'argent est reversé à l'hôpital. Quand mon père était malade, j'y ai passé beaucoup de temps. C'est une façon de rendre la pareille.

— C'est une belle tradition.

— Zac m'aidait à faire les décorations en verre fondu quand il était plus jeune, bien qu'il ne s'y soit jamais vraiment intéressé. Toutes ses décorations ressemblaient à des tortues.

Il rit, et elle vit ses yeux s'illuminer.

— Il aime les tortues ?

— Oui. Il tient ça de sa mère. Lui et sa femme sont partis en voyage de recherche cette année.

Sa voix se brisait-elle ? Non. C'était probablement juste un chat dans la gorge du matin. Comme pour répondre à sa question muette, il s'éclaircit la gorge.

— C'est pourquoi j'ai Neville.

Il jeta un nouveau coup d'œil à l'horloge.

— Je dois vraiment aller à l'atelier.

— Bien sûr, oui. Et Neville est probablement impatient de faire sa promenade.

Elle se leva et mit son assiette et sa tasse dans l'évier.

— Où est sa laisse ?

Quelques instants plus tard, ils étaient sur le porche.

— Je vais le promener pendant environ une heure si ça te convient. Où dois-je le mettre quand je reviendrai ? Je ne veux pas déranger ton travail.

Il lui fit signe de le suivre à l'arrière de la maison.

— Tu vois l'enclos ? Je le mets généralement là. Il y a une trappe à l'arrière. J'ai installé ce petit abri pour qu'il ait un endroit où aller quand il fait plus froid. Il reste assez chaud. Assure-toi juste de bien le fermer. C'est un petit malin.

Elle leva les yeux vers lui, mais son regard était fixé sur l'atelier. Il avait définitivement l'esprit focalisé sur une seule chose.

— Quelle est la meilleure direction pour une bonne promenade ? demanda-t-elle en reculant.

— Va à gauche si tu veux descendre vers les magasins. Va à droite si tu veux aller au parc.

— Merci, dit-elle. Tu veux aller en ville, Neville ? Allons voir ce qu'il y a dans les vitrines.

Et bientôt le petit chien ouvrait la voie hors de la cour et dans la rue, heureux de s'arrêter et de remuer la queue à chaque passant qu'ils croisaient. Peut-être devrait-elle prendre un chien. C'était agréable d'avoir un autre être à qui parler.

Elle repensa à la conversation avec Joe. Elle n'avait pas été attirée par un autre homme depuis des années, mais il n'avait manifestement pas tourné la page avec son ex-femme. Et la dernière chose dont elle avait besoin était de s'impliquer avec un autre homme qui la verrait comme un second choix.

Ça faisait trop mal.

CHAPITRE 7

Joe fit une pause en entrant dans son atelier pour se retourner et regarder Helen et Neville s'éloigner. Pourquoi avait-il tant partagé avec elle ? Il n'avait pas parlé de Maeve depuis des années, sauf pour dire qu'il était divorcé quand on le lui demandait. Son départ avait été difficile — bien sûr — mais une fois qu'elle était partie et qu'il avait compris comment jongler entre son travail et les besoins de Zac, les choses s'étaient améliorées. Maeve avait emporté sa colère et son ressentiment avec elle, les laissant continuer leur vie.

Alors qu'est-ce qui avait déclenché son émotion ? Le fait de manquer Zac ? C'était une partie de la raison, mais cela avait plus à voir avec le souvenir de Maeve retournant vers son ex-mari, Pierre. Il était clair qu'Helen avait encore des sentiments pour son mari, et il ne pouvait pas revivre ce genre de douleur. Il était attiré par Helen, mais il devait la tenir à distance. Il devait couper court à cela pour ne pas répéter son expérience avec Maeve.

Mieux valait la garder dans la même catégorie que les autres femmes avec lesquelles il travaillait dans des comités. Amie et collègue, rien de plus.

Il se concentra sur son travail et passa le reste de la matinée à produire autant de décorations d'arbre que possible. Il avait du retard sur ce projet et devrait en réaliser au moins quatre ou cinq par jour pendant les deux prochaines semaines. Bethany avait pris les devants pour la conception des décorations les années précédentes, et cette année, elle avait envoyé un nouveau design, *Crystal Rhapsody*. Elle l'avait créé pour un projet scolaire. Mais il aurait du mal à terminer les aspects en verre fusionné à temps. Ce dont il avait vraiment besoin, c'était d'une deuxième paire de mains.

Il pouvait réaliser les parties en verre soufflé assez rapidement, alors il commença par celles-ci, reconnaissant que son design demande des globes rouges et verts unis avec des filets d'or. Le reste de la série — des disques plats avec des images de tambours, de flûtes et de notes de musique — prendrait plus de temps. Il était fier que Bethany développe son art — son talent la destinait à un atelier plus grand et plus prestigieux — mais il était aussi triste. Elle quitterait définitivement la ville.

S'il pouvait rendre justice à son design, il pensait que *Crystal Rhapsody* pourrait rapporter une belle somme à l'hôpital. Il avait juste besoin de se pousser pour respecter le délai. Le travail avança rapidement, et il produisit plusieurs globes avant le déjeuner, reconnaissant que le verre avec lequel il travaillait soit rouge plutôt que bleu. Le couple qui avait commandé le vase en verre avait finalement accepté sa quatrième tentative, et même s'ils avaient bien payé, il plaignait la personne qui devrait leur vendre des appareils électroménagers — le cadeau moderne pour un quatrième anniversaire de mariage — l'année prochaine.

Il sortit chercher Neville pour une courte promenade avant le déjeuner. Le chien était là, recroquevillé dans le petit abri au bout de l'enclos, et il reprit vie quand il vit Joe courir pour l'accueillir. Joe rit. Le petit gars lui plaisait de plus en plus. Les chiens n'étaient pas si mal après tout.

CHAPITRE 8

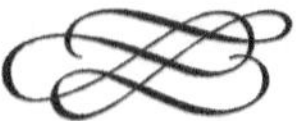

Helen déposa Neville après leur longue promenade sans but et rentra chez elle pour vérifier comment allait Angel. Le chat dormait toujours sur le rebord de la fenêtre, comme s'il n'avait pas bougé d'un pouce. Il ouvrit un œil quand Helen s'approcha, puis le referma.

— Tu ne parles vraiment pas beaucoup, n'est-ce pas ? dit Helen. Elle alla dans la cuisine pour voir ce qu'il y avait à manger. Sylvia avait bien rempli le frigo, mais Helen pouvait voir quelques articles dont elle avait besoin — comme du lait de poule, et peut-être un peu de rhum pour l'accompagner. Ce n'était pas parce qu'elle ne préparait pas de dîner de Noël cette année qu'elle devait renoncer à toutes ses traditions. Bien qu'elle allait devoir en créer de nouvelles.

Elle soupira. Le changement pouvait être épuisant. Mais maintenant qu'elle avait terminé son année de premières fois, laissant aller et faisant le deuil de ce qu'elle avait perdu, il était temps d'envisager une autre année de premières fois. Une année de nouveaux départs, une année où elle pourrait essayer de nouvelles choses, rencontrer de nouvelles personnes, se faire de nouveaux amis, et...

Elle allait trop vite. Peut-être qu'un jour elle pourrait avoir un nouvel amour, mais elle devrait d'abord rencontrer quelqu'un. Et si elle croyait les femmes qu'elle avait rencontrées via sa ligne de discussion pour femmes divorcées, il était difficile de rencontrer quelqu'un après cinquante ans. Les hommes de cet âge voulaient des trentenaires, et elle n'avait aucune idée de qui voudrait d'une femme de cinquante-six ans. Elle brancha la bouilloire pour le thé et repensa à sa conversation avec Joe plus tôt ce matin-là.

Elle s'était demandé pourquoi il était toujours célibataire, mais après l'avoir entendu parler de son ex-femme, elle pouvait comprendre. Il était manifestement encore amoureux de cette femme. Pour l'instant, elle devait se concentrer sur des choses plus importantes que les hommes — comme ce qu'elle allait manger pour le déjeuner.

Helen ouvrit à nouveau le frigo, mais il faisait trop calme dans la maison. Elle devait sortir un peu. Quel était ce restaurant dont Joe avait parlé ? Elle ouvrit la carte sur son téléphone et tapa *restaurants près de moi*. Le voilà. Le Beehive Bistro. Elle irait là-bas. Elle débrancha la bouilloire et alla chercher son manteau et ses clés.

Elle arriva au restaurant juste après onze heures. C'était tôt pour le déjeuner, mais elle s'était levée à l'aube pour voir partir Sylvia et Jack, n'avait mangé qu'un muffin pour le petit-déjeuner, et avait promené Neville pendant plus d'une heure parce qu'elle s'était perdue. Elle avait faim.

Elle entra dans le restaurant et fut ravie de trouver la salle décorée de bois couleur miel avec une cheminée en pierre à une extrémité. En cherchant un endroit où s'asseoir, elle vit Lydia, sa partenaire du comité, lui faire signe.

— Voudrais-tu te joindre à moi ? demanda Lydia. Mon amie vient d'appeler pour dire qu'elle avait une urgence. C'est une médecin. Ça arrive. Elle haussa les épaules.

— Oui, ce serait agréable. Helen s'assit sur la chaise vide, et Lydia lui tendit le menu.

— Je n'ai pas encore commandé, mais je te recommande la salade de saumon si tu veux déjeuner. Ou, si tu es végétarienne, il y a plusieurs autres excellentes options. Le serveur s'approcha à ce moment-là pour prendre leurs commandes, et en plus de la salade de saumon recommandée, Helen commanda un latte.

— Alors, qu'est-ce qui t'amène à Sunshine Bay ? demanda Lydia tandis qu'elles sirotaient leurs boissons en attendant leurs repas.

— Je rends service à Sylvia, principalement. Elle m'a beaucoup aidée cette année, et un bienfait en attire un autre, comme on dit.

— Ta famille va te rejoindre pour les fêtes ?

Cela ressemblait à l'Inquisition espagnole, mais comment faire autrement pour apprendre à connaître de nouvelles personnes ? — Non, ma fille passe les fêtes avec la famille de son mari cette année, donc je suis seule. Et toi ?

— Il n'y a que mon fils et moi pour les fêtes cette année, dit Lydia. C'est pourquoi je voulais aider pour le Festin d'Hiver Communautaire. Si je ne peux pas le passer avec ma famille, autant aider les autres à passer de bonnes fêtes.

— C'est mieux que de pleurer seule dans son lait de poule à la maison, dit Helen en levant son verre pour prendre une autre gorgée.

— Exactement, rit Lydia.

— Tu n'as pas de famille à proximité ?

— Si, mais mes parents sont partis tôt pour l'Arizona cette année. Une des tantes de ma mère a subi une opération de la hanche, alors elle est allée l'aider. J'aurais pu aller chez mon frère, je suppose, mais c'est un long trajet, et je n'avais pas envie de conduire jusqu'à Kelowna cette année. Quand Sylvia m'a demandé de faire partie du comité, j'ai pensé que ce serait l'occasion de rencontrer de nouvelles personnes. J'ai perdu quelques amis depuis la mort de mon mari.

— Oh, je suis désolée. C'était récent ?

— Oui. Ça fera deux ans le mois prochain. Une méningite. On pense toujours que ça n'arrive qu'aux enfants, mais on ne sait jamais. Ses yeux se remplissaient de larmes, et elle les essuya rapidement avec la serviette posée sur ses genoux. Elle sourit brillamment, comme si elle voulait les faire disparaître. Enfin, c'était déjà assez dur de perdre mon mari, mais ensuite j'ai perdu mes amis aussi. Ils étaient mariés, et je suppose que j'étais une sorte de menace.

— J'ai vécu la même expérience depuis ma séparation.

— Vraiment ? Je suis contente de ne pas être la seule. Que pensent-elles que je vais faire ? Voler leurs maris ? Elle rit, et Helen sourit timidement face au coup non intentionnel au plexus solaire. Je veux dire, ne te méprends pas. Je suis seule, bien sûr. Mais la plupart de leurs maris ne sont pas mon type de toute façon. Et même s'ils l'étaient, eh bien. Je ne suis pas assez seule pour faire ça à une amie.

Helen aurait aimé que Jill ait cette attitude. C'était peut-être l'autre raison pour laquelle elle était si bouleversée par ce qui s'était passé. Elle avait soutenu Jill quand son mari était malade. Elle l'avait aidée. Elle avait même envoyé Sam pour l'aider avec des choses comme un évier bouché, et pour lui donner des conseils quand sa pompe de puisard avait cessé de fonctionner un jour. Helen devait orienter cette conversation dans une autre direction avant de pleurer ou de crier.

— Tu travailles aussi à l'hôpital ? demanda-t-elle, pensant à l'amie médecin de Lydia.

— Oh, non. Je suis hygiéniste dentaire. C'est un bon travail. Bien payé. Et je peux choisir mes horaires ici en ville. Nous ne sommes pas nombreux ici, donc je peux travailler en fonction de l'emploi du temps de Shane. Et toi ?

— Je suis enseignante. Enfin, enseignante à la retraite, mais je travaille encore comme remplaçante. Ce qui me rappelle : je vais devoir contacter le conseil scolaire cette semaine.

— Est-ce que ça veut dire que tu déménages ici ? Le visage de Lydia s'illumina.

— J'y réfléchis. Mon divorce est presque finalisé. Au moins, il le sera quand j'aurai signé les papiers. Une fois que ce sera fait, je devrai vendre ma maison dans le cadre du règlement et déménager quelque part. Je n'ai juste pas encore décidé où aller.

— Où vis-tu actuellement ?

— Duncan.

— C'est une jolie petite ville. Tu ne peux pas y rester ?

— Non. C'est devenu, disons, inconfortable.

Lydia haussa les sourcils. — Ne t'inquiète pas, tu n'as pas à me dire quoi que ce soit si tu ne veux pas en parler. Puis elle ajouta : — Mais si tu veux parler, je suis une bonne auditrice.

— Eh bien, assez ironiquement, le mari de ma meilleure amie est décédé il y a trois ans, et elle s'est mise avec mon mari.

— Tu plaisantes ! La surprise sur le visage de Lydia fit éclater de rire Helen.

— Je pensais que c'était juste une chose que les gens craignaient, dit Lydia. Je n'avais jamais entendu parler que ça arrivait vraiment.

— Peut-être que ces amis mariés ont effectivement de quoi s'inquiéter, dit Helen. Tu sais, je suis maintenant considérée comme la célibataire désespérée, et je suis évitée par tous nos amis en couple. Jill, mon ancienne amie, m'a remplacée là aussi.

— Je suis tellement désolée.

Helen rit. — Ne t'en fais pas. Ça fait un an que j'ai appris leur liaison et que je l'ai mis à la porte. Et ça fait environ onze mois et vingt-neuf jours que mes amis sont devenus de simples connaissances. Tu sais comment c'est.

À en juger par l'expression de son visage, Lydia savait exactement de quoi Helen parlait. Elles partageaient une douleur commune, et Helen se surprit à vraiment apprécier Lydia.

— Merci de m'avoir écoutée, dit-elle. C'est la première fois que j'arrive à en rire depuis que c'est arrivé. Ça fait du bien.

— Quand même, si j'avais su...

Helen rit de nouveau. — Vraiment, ne t'inquiète pas. Voilà nos salades. Détends-toi.

Elles bavardèrent pendant le reste du déjeuner et découvrirent qu'elles avaient beaucoup en commun. Toutes deux aimaient essayer différents travaux manuels, bien qu'aucune n'ait encore essayé la poterie. Elles aimaient toutes les deux le camping, la randonnée et l'aquagym. Lydia avait un rire facile et un cœur généreux, et à la fin de leur repas, elle avait fait sentir Helen comme une amie. Lydia n'avait pas l'histoire partagée, les secrets, la douleur et la joie qu'Helen avait avec Jill, mais elle était drôle et intéressante et... Eh bien, le simple fait de ne pas être Jill jouait en faveur de Lydia.

Helen pourrait recommencer avec une amie comme celle-ci.

— Alors, que penses-tu de Sunshine Bay ? demanda Lydia.

— J'aime bien. C'est plus grand que Duncan, donc je peux être plus anonyme, et il y a beaucoup à faire.

— Tu pourrais recommencer ici, tu penses ?

— Peut-être.

— As-tu beaucoup fréquenté depuis que ton mari... est parti ?

— Non. Quelques dîners, peut-être, et certaines personnes - ces amis avec des maris - m'ont suggéré d'essayer un site de rencontres, mais je n'ai pas vraiment envie de faire ça. J'ai entendu dire que la plupart des hommes de mon âge s'intéressent aux femmes de ton âge de toute façon.

— Eh bien, je connais un homme qui s'intéresse à une femme de ton âge.

— Que veux-tu dire ?

— Joe Brooks. Il t'observait assez attentivement hier soir à la réunion.

— Je ne sais pas trop. Je pense qu'il est encore accroché à son ex-femme.

— Eh bien... Lydia se pencha en avant. Laisse-moi te raconter une petite histoire, et tu jugeras par toi-même. J'étais chez Sylvia il y a quelques semaines, et j'ai entendu Jack, le mari de Sylvia, parler à Joe. Il chantait les louanges de Sylvia - cet homme l'adore. Bref, ils parlaient, et Jack a dit à Joe qu'il devrait sortir avec quelqu'un. Bien sûr, mes oreilles se sont dressées. Elle se rassit. Ne me juge pas. J'écoute rarement aux portes, mais...

— Je ne te juge pas, l'assura rapidement Helen. Si elle avait entendu un homme qui l'intéressait, eh bien, elle aurait peut-être écouté aussi.

— Bref, reprit Lydia en se penchant à nouveau, Joe a dit qu'il *sortirait* s'il pouvait trouver une femme de son âge. Ensuite, ils ont parlé du fait que les femmes plus jeunes ne les intéressaient tout simplement pas. Ça m'a rendue heureuse parce que je pensais qu'il était proche de mon âge. Imagine ma surprise hier quand il nous a dit que son fils avait la trentaine. Je veux dire, cet homme est canon. Je n'avais aucune idée qu'il était si âgé.

Helen rit. — Oui, si âgé.

— Désolée, je ne voulais pas dire ça comme ça. Je veux dire, je pensais qu'il avait au moins dix ou quinze ans de moins que ça.

— Il est, comme tu dis, canon, acquiesça Helen.

— Eh bien, après avoir compris son âge, j'ai commencé à l'observer hier. Et il ne pouvait s'empêcher de te regarder.

— Moi ?

— Oui. Tu t'es levée pour aider Sylvia avec quelque chose, et il t'a regardée partir. Il jetait constamment des coups d'œil vers toi quand les gens parlaient. Je sais reconnaître un homme intéressé quand j'en vois un.

— Eh bien, je n'en suis pas sûre. De plus, je ne vis pas ici.

— Pas encore. J'espère que d'ici la fin du mois, je pourrai te convaincre de déménager. J'ai besoin de quelqu'un pour prendre des cours de poterie avec moi.

— Eh bien, si je décide de déménager ici, tu seras l'une des premières à le savoir. La serveuse apporta l'addition, et Helen s'en empara rapidement. Je vais payer.

— Tu n'es pas obligée... protesta Lydia.

— Je sais, mais j'en ai envie. Et merci de m'avoir fait me sentir si bienvenue. J'ai hâte de travailler avec toi sur le Festival de l'Arbre et le repas communautaire. En attendant, je devrais rentrer chez moi et m'assurer que le chat va bien, et j'ai quelques courses à faire avant. Elle se leva et mit son manteau.

— Merci pour le déjeuner, Helen. Je te verrai à la prochaine réunion. Lydia lui fit un câlin d'au revoir. Ça faisait du bien - tout comme l'idée que Joe puisse être intéressé par elle. Elle se détourna et se dirigea vers la voiture avec un énorme sourire sur le visage.

CHAPITRE 9

Le lendemain matin, Joe se leva un peu plus tôt que d'habitude pour préparer le petit-déjeuner. Il serait bon voisin, décida-t-il. Il pouvait cuisiner pour les autres membres du comité sans que cela devienne gênant. De plus, il devait entretenir ses compétences. À part pour Zac et Nicole, cela faisait longtemps qu'il n'avait pas cuisiné pour quelqu'un.

Quand Helen arriva à la porte, la pièce était remplie d'odeurs de petit-déjeuner, une quiche au brocoli et au brie réchauffait dans le four, et le café était prêt. Neville aboya et courut entre lui et la porte, le pressant de se dépêcher. Neville semblait prêt à sortir de sa peau d'excitation quand il vit que c'était Helen sur le pas de la porte.

Elle était resplendissante avec une écharpe bleue enroulée autour de son cou et un bonnet assorti sur la tête.

— Eh bien, bonjour, dit-elle, le regardant droit dans les yeux. Puis elle tourna son regard vers Neville. — Assis.

Le petit chien se mit rapidement sur son arrière-train, s'efforçant de rester dans cette position, la regardant avec anticipation. Joe les observa tous les deux avec amusement. Elle avait le petit diable qui dansait à sa guise. Helen sortit une friandise pour chien de sa poche et la donna à Neville. — Bon garçon.

— Entre. As-tu déjà pris ton petit-déjeuner ?

— Non, je ne l'ai pas encore pris. Je pensais le prendre après ma promenade.

— Puis-je t'intéresser avec une assiette de quiche ?

— C'est donc ça qui sent si bon ? Elle semblait sur le point de décliner l'invitation mais hocha ensuite la tête et déboutonna son manteau. — Oui. J'adorerais ça, dit-elle. Je ne me souviens pas de la dernière fois que j'ai mangé de la quiche. Viens, Neville.

Neville se mit au pas et la suivit dans le petit couloir jusqu'à la cuisine.

— Tu l'as déjà bien dressé.

Bien qu'il la suivrait aussi si elle le lui demandait.

Elle rit. — Les chiens feront n'importe quoi pour quelques friandises, et il apprend vite. Elle se pencha pour caresser à nouveau la tête de Neville. — N'est-ce pas, mon garçon ? Tu es un malin.

Le chien frétilla de tout son corps sous les éloges, et Joe secoua la tête. — Tu l'as enroulé autour de ton petit doigt. Maintenant, voudrais-tu aussi du café ?

— Oh, oui. J'adore ce café. Je suis même allée au Beehive Bistro hier pour boire un latte.

— Content de pouvoir t'aider à nourrir ton addiction. Il servit la nourriture dans des assiettes et versa le café dans deux tasses.

— Ça a l'air fantastique, dit-elle en s'asseyant. Merci. Neville les rejoignit à table et gémit.

— C'est difficile de l'ignorer quand il gémit comme ça, dit Joe, prenant pitié du chien et espérant lui donner un morceau d'œuf.

— Je sais, mais il apprendra bientôt, et alors il arrêtera.

— J'espère. Merci de m'aider avec lui. J'ai eu les mains pleines cette année depuis que Bethany est partie. Après la ruée de fin d'année, j'aurai plus de temps pour le dresser.

— J'ai hâte de voir ce que tu as fait pour l'arbre de cette année. Sylvia a chanté tes louanges avant de partir. À ses yeux, le tien est toujours la star du spectacle.

— C'est gentil de sa part de dire ça, mais cette année, j'espère juste pouvoir exécuter ce que Bethany a conçu. Sans son aide, je suis en retard cette année. Mais ne le dis pas à Estelle. Je vais réussir à le faire, surtout maintenant que j'ai quelqu'un de volontaire pour promener le chien. Je ne sais pas comment te remercier.

— Est-ce que tu enseignes à d'autres comment faire du verre fusionné ?

— Je n'ai pas pris d'élève depuis que Bethany a commencé avec moi. J'en prenais quelques-uns chaque année avant. Peut-être que je mettrai en place une classe à nouveau au printemps. J'ai besoin d'un nouvel apprenti pour l'été si je veux organiser mes journées portes ouvertes.

— Est-ce que je pourrais aider ? J'adore tout ce qui est lié à l'artisanat. Ma lampe en vitrail est plutôt bien sortie quand j'ai pris un cours.

— Tu as fait une lampe ? Tu as coupé les morceaux toi-même ? Si elle pouvait couper le verre à moitié aussi bien qu'elle pouvait dresser les chiens, peut-être qu'elle *pourrait* l'aider.

— Bien sûr. J'ai pris quelques autres cours avant de passer à la lampe. Je suis devenue plutôt douée pour couper les formes.

— Peut-être que je peux te donner quelques leçons cette semaine. Si tu comprends vite, j'aurais vraiment besoin d'aide avec les ornements en verre fusionné.

— Ce serait amusant. J'adorerais ça. Quand pouvons-nous commencer ?

— Après ta promenade, peut-être ? Le plus tôt sera le mieux, à son avis.

— D'accord. Marché conclu.

— Si tu aimes l'artisanat, peut-être que tu prendras l'un de mes cours au printemps. Je les propose généralement les week-ends. Tu pourrais venir pour quelques jours. Duncan n'est pas si loin.

— C'est vrai, et j'adore être ici. Je passais mes étés ici quand j'étais enfant. Puis, quand ma fille était petite, je louais parfois un chalet, juste nous deux. J'avais tout l'été de libre en tant qu'enseignante, et nous passions deux ou trois semaines ici. J'ai de bons souvenirs de Sunshine Bay.

— Tu ne veux pas voyager à travers le monde ?

— Oh, peut-être quelques voyages ici et là, mais je suis casanière. J'aime appartenir à un endroit.

— Tu aimes Duncan ? Tu dois avoir beaucoup d'histoire là-bas.

— C'est ça le problème, dit-elle. C'est une histoire partagée, et maintenant que mon mari est parti... Disons simplement que je ne me sens plus aussi bienvenue là-bas qu'avant. Mais ça devient plus facile maintenant. Ça fait un an.

— D'habitude, c'est l'homme qui doit recommencer à zéro après un divorce, dit-il. C'était mon expérience, en tout cas. Nos amis communs m'ont blâmé quand elle est partie.

— Les gens aiment blâmer celui qui reste. Dans mon cas, mon mari m'a quittée pour... une autre femme. Elle détourna le regard vers l'endroit où Neville était assis tranquillement juste au-delà de la table, attendant d'être appelé. La regardant.

— Ça a dû être difficile, dit-il en posant sa main sur la sienne. Je suis désolé que tu aies eu à traverser ça.

— Ce n'est pas ta faute. Et probablement pas la sienne non plus. Je pensais que notre mariage était bon, mais... Elle haussa les épaules. Je suppose que je me trompais.

Elle retira sa main et prit la dernière bouchée de son petit-déjeuner, puis rinça son assiette dans l'évier et la mit dans le lave-vaisselle. Elle sortit le sac de friandises de Neville. — Il a été sage, assis là pendant qu'on mangeait, dit-elle. Il est temps de le récompenser.

Joe hocha la tête, comprenant l'allusion. Elle l'évitait. Évitait de trop se rapprocher. Peut-être qu'elle n'était pas intéressée, bien qu'il ressentît avec Helen une connexion qu'il n'avait pas éprouvée depuis très longtemps.

— Neville, viens là. Le petit chien courut droit vers elle. — Assis. Il s'assit, remua la queue et prit délicatement la friandise.

— Tu l'as littéralement dans la poche.

— C'est facile une fois qu'il a appris. Maintenant, où est sa laisse ? Plus vite je pars, plus vite on sera de retour. Toi et moi avons des décorations à fabriquer.

— Pendant que tu seras partie, je vais commencer. Viens simplement au studio quand tu reviendras. Il prit la laisse sur le comptoir à côté et la lui tendit.

Ce faisant, sa main effleura la sienne. Une chaleur remonta le long de son bras, et il voulut davantage de son contact. Elle leva les yeux vers lui et s'arrêta. Ils tenaient tous deux la laisse. Il déglutit et se lécha les lèvres. Puis sa langue à elle pointa pour faire de même.

Il tira la laisse vers lui, et elle s'approcha, les lèvres entrouvertes en invitation — une invitation qu'il fut heureux d'accepter. Se penchant, il captura ses lèvres avec les siennes et l'attrapa par la taille, l'attirant près de lui. Elle lâcha la laisse et glissa ses mains autour de son cou, lui rendant son baiser. Pendant ce temps, Neville aboyait à leurs pieds, mécontent de ne pas être le centre d'attention. Bientôt, il essaya de se faufiler entre eux, les poussant pour les séparer. Joe la laissa partir à contrecœur, et Helen recula, l'air un peu étourdie. Il rit intérieurement. *Bien.* Il pouvait encore faire perdre ses moyens à une femme avec ses baisers.

Elle retrouva son équilibre et fixa ses lèvres pendant quelques secondes avant de se reconcentrer sur la laisse qui était toujours dans sa main. Neville continuait d'aboyer. — Je pense qu'il a besoin d'aller se promener maintenant. Elle tendit la main vers la laisse, en prenant soin de ne pas le toucher à nouveau. — On sera bientôt de retour.

— Ne prenez pas trop de temps, dit-il.

— Ce ne sera pas long. Elle secoua la tête. On reviendra aussi vite que possible.

— Je vous attendrai, dit-il, et elle rougit avant de se précipiter vers la porte.

Il ramassa les plats restants et les rangea, s'arrêtant pour frotter avec son pouce le rouge à lèvres sur le bord de sa tasse de café. Il ne la connaissait pas depuis longtemps, mais elle laissait déjà sa marque dans sa vie de petites façons comme celle-ci. Elle lui donnait envie de nettoyer sa maison, de lui préparer le petit-déjeuner, d'être un meilleur dresseur pour Neville. S'il n'y prenait pas garde, elle laisserait sa marque à d'autres endroits dans sa vie aussi.

Comme son cœur.

CHAPITRE 10

Ouah. Aucun homme ne l'avait embrassée comme ça depuis des années. Sam ne faisait pas le poids face à ce type. Elle descendait la rue, laissant le chien la guider, et effleura ses lèvres du bout des doigts. Elle avait pensé que ses rêves sur Joe étaient bons — jusqu'à maintenant. La réalité était tellement meilleure. Elle repensa à ce que Lydia avait dit sur l'intérêt de Joe pour elle. Apparemment, sa nouvelle amie avait eu raison.

Et elle avait raison sur autre chose. Joe était canon. Ses lèvres étaient brûlantes, son torse était brûlant là où elle l'avait touché... et il la faisait fondre. Elle laissa son manteau déboutonné pour laisser l'air frais la rafraîchir. Ce n'était pas une douche froide, mais entre ça et surveiller Neville, elle se calma bientôt.

Ils se dirigèrent vers le parc aujourd'hui, et elle put voir une autre facette de Sunshine Bay. Mais les événements de la matinée lui donnaient à réfléchir. Sunshine Bay était une bonne évasion pour la période des fêtes, mais elle n'avait pas compté sur ça. Était-elle prête pour un homme dans sa vie ? Avait-elle même de la place pour quelqu'un ?

Tant de choses changeaient. Ne pouvait-il pas y avoir au moins une chose qui reste la même ?

Ces derniers jours, elle avait fait un essai de Sunshine Bay, pour voir si elle pouvait échanger sa vieille vie à Duncan et repartir de zéro. Voulait-elle vraiment faire ça ? Elle avait déjà tant sacrifié.

Neville aboya et tira sur la laisse, et elle leva les yeux juste à temps pour voir un écureuil filer. — Oh non, pas question, dit-elle en le retenant. Tu ne peux pas avoir tout ce que tu veux.

Le chien continua de tirer sur la laisse jusqu'à ce que l'écureuil soit hors de vue. — Tu as peut-être raison, Neville, murmura-t-elle. Ce n'est pas parce qu'on ne peut pas tout avoir qu'il ne faut pas essayer. Elle fit demi-tour. — Allez, mon grand. Il faut que tu fasses tes besoins et qu'on rentre pour que je puisse apprendre le verre fusionné.

Neville quitta à contrecœur le pied de l'arbre où il avait vu l'écureuil pour la dernière fois et recommença à marcher — jusqu'à ce qu'il en repère un autre, celui-ci un peu plus proche. Et il repartit de plus belle, l'entraînant vers l'endroit où une queue touffue et grise avait disparu dans les buissons.

— Neville. Elle tira à nouveau sur la laisse. Au pied.

Le chien se retourna et revint vers elle en remuant la queue, sans le moindre remords d'avoir pris l'initiative.

— Sylvia a raison. Tu peux être un petit diable, mais tu es mignon. Et ses actions lui rappelèrent quelque chose d'autre à quoi elle pensait dernièrement — ou peut-être était-ce un lieu commun prononcé par une ancienne amie bien intentionnée. Quand une opportunité ne fonctionne pas, il y en a toujours une autre pour la remplacer — comme les écureuils de Neville. Il fallait juste laisser partir le premier pour pouvoir se concentrer sur le suivant. — Rentrons. Joe nous attendra.

Elle se répéta cette phrase. *Joe nous attendra. M'attendra.* C'était une chose simple, en réalité, d'avoir quelqu'un qui vous attend quand vous rentrez chez vous. Quelqu'un qui remarquerait votre absence. Quelqu'un qui s'inquiéterait si vous étiez en retard.

C'était une chose simple d'avoir quelqu'un à aimer.

Et cela signifiait tout.

CHAPITRE 11

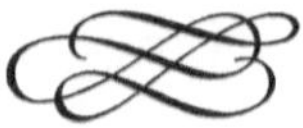

—Tu es de retour, dit Joe lorsque Helen entra dans son atelier. Je pensais que tu t'étais perdue.

—Pas aujourd'hui. Aujourd'hui, Neville m'a emmenée chasser l'écureuil dans le parc.

—Je ne sais pas trop ce qu'il fera s'il en attrape un un jour. Il désigna un crochet près de la porte. Tu peux accrocher ton manteau là-bas, et sur ce mur, tu trouveras un tablier que tu peux utiliser.

Elle fit ce qu'il lui demandait, et il l'observa, appréciant sa façon de bouger.

—Si tu viens à cet établi, il y a des motifs et des outils pour couper le verre.

—J'adore ceux-ci, dit-elle en feuilletant les dessins. *Crystal Rhapsody*. Quel titre formidable. J'aime les tambours, la flûte et les notes. Je pense que ce sera amusant.

—Laisse-moi d'abord te montrer comment faire la découpe. Une fois que nous aurons toutes les pièces, nous pourrons les assembler et les faire cuire dans le four. Commençons par les plus faciles. Je pense que le tambour a le moins de lignes.

Il lui montra comment découper le verre, puis observa patiemment jusqu'à ce qu'elle y arrive. —Tu as la main sûre. Je pense que ça va bien se passer.

Ils travaillèrent côte à côte pendant une heure. Elle traçait et découpait les pièces, et lui les meulait et les préparait pour le four. —Une fois cette partie terminée, nous devons disposer les formes sur ces disques blancs que j'ai préparés l'autre jour.

—Et ensuite, tu les mets dans le four. Merveilleux.

—Ça va aller si tu continues toute seule un moment ? J'ai besoin de souffler quelques globes de plus aujourd'hui.

—Bien sûr. Je m'en sortirai très bien.

—Parfait. Il se leva et lui serra l'épaule, voulant la toucher même de façon amicale, avant de traverser la pièce et de mettre de la distance entre eux. Il devait éliminer la tentation de lui imposer à nouveau un baiser non désiré. —On travaillera jusqu'à midi si ça te va, et ensuite on pourra déjeuner.

Elle se retourna sur la chaise et leva les yeux, posant sa main sur son bras. —Merci de m'apprendre ça. J'adorais mes cours de vitrail. Je prenais tous mes cours d'artisanat avec ma meilleure amie, mais elle détestait le cours de verre. Je n'aurais jamais pu la convaincre de faire ça.

—C'est toi qui me rends service, dit-il, attendant, ne voulant pas bouger tant que sa main était sur son bras, ne voulant pas bouger tant qu'elle le regardait de cette façon, comme si elle voulait quelque chose...

Elle se leva alors, s'éloignant du tabouret et s'approchant de lui. Aucun autre mot ne fut nécessaire lorsqu'elle enroula ses bras autour de son cou et approcha ses lèvres des siennes. Et quelque chose explosa en lui. Il la saisit par la taille et la souleva sur le bord de l'établi, se plaçant entre ses jambes, éliminant le moindre centimètre d'air entre eux. Une fusion parfaite.

Ils s'embrassèrent longtemps, jusqu'à ce qu'une alarme retentisse sur son téléphone. Le son agaçant continuait. Il l'avait programmée ainsi pour une raison, pour se rappeler de promener Neville ou de vérifier le four ou le four de cuisson. À contrecœur, il s'éloigna. Il y avait beaucoup de travail à faire aujourd'hui. Peut-être pourraient-ils continuer ce soir quand il n'y aurait pas d'interruptions.

—On devrait probablement se remettre au travail maintenant, dit-il, et elle se contenta de hocher la tête. Ses lèvres, rouges de leurs baisers, lui donnaient envie de l'embrasser à nouveau. Il céda à la tentation une fois de plus lorsque l'alarme passa en mode sommeil.

Puis le bruit recommença, et elle rit. —Le devoir nous appelle.

—Malheureusement. Peut-être pourrons-nous explorer cela plus avant ce soir ?

—J'aimerais beaucoup.

—Eh bien, remettons-nous au travail, alors. Il se dirigea vers le four pour commencer les globes verts, en prenant soin de se concentrer sur le verre en fusion plutôt que sur la femme ardente de l'autre côté de la pièce.

Pendant qu'ils travaillaient, ils entamèrent une conversation décontractée. Il lui parla des choses à faire dans la région. Elle lui parla de sa fille et de son voyage à Ottawa l'année précédente. —Je n'y étais jamais allée, alors j'ai pensé que je visiterais la capitale nationale. J'ai adoré le musée et la galerie d'art. Certaines de ces pièces, dit-elle en montrant les étagères qui bordaient le mur du fond, ressemblent à celles de la boutique de souvenirs là-bas.

—Certaines de mes œuvres y étaient exposées autrefois, dit-il. Je travaillais dans un atelier en Ontario avant de venir vivre ici. Maeve voulait observer les baleines, alors nous sommes venus là où vivaient les baleines. Et puis elle a décidé qu'elle ne voulait plus observer les orques mais chercher les baleines bleues.

—Tu regrettes d'avoir quitté l'Ontario ?

—Non. C'était un endroit formidable pour élever Zac, et nous avons un bien meilleur temps. Et j'ai pu construire mon atelier, faire mes propres horaires. J'aime être ici. Ça me convient.

—Je peux le voir, dit-elle.

—Tu as mentionné tout à l'heure que tu ne savais pas où tu serais au printemps. Tu penses déménager ?

—Une fois que je serai divorcée, dit-elle, je devrai vendre la maison dans le cadre du règlement. Ensuite, je devrai décider.

—Quand cela arrivera-t-il ? demanda-t-il, mais il regretta aussitôt sa question. Voulait-il vraiment connaître la réponse ?

—Oh. Bientôt. Une fois que tous les papiers seront en règle.

Elle avait l'air triste, et il n'aimait pas ça.

—J'ai trouvé cette partie difficile. Surtout parce qu'elle voulait que ce soit fait le plus rapidement possible pour être libre de se remarier. Il m'a fallu beaucoup de temps pour m'en remettre, mais une fois que je lui ai pardonné, j'ai pu aller de l'avant.

—Comment lui as-tu pardonné ? demanda-t-elle.

—Eh bien, dit-il en soufflant dans le tube pour faire un autre globe vert, quand on a des enfants ensemble, c'est plus difficile. On ne peut pas simplement faire une coupure nette. Je ne voulais pas que mon fils soit au milieu d'une dispute constante, et quand j'ai bien réfléchi, j'ai réalisé que nous étions mieux sans elle. On ne peut pas retenir quelqu'un qui ne veut pas être retenu, et on ne peut pas aller de l'avant si on ne le laisse pas partir.

— Donc tu dis que si on ne pardonne pas, on finit par être bloqué ?

— Oui, exactement. Il fit tourner le globe, le polissant avec une pile de papier prévue à cet effet, sur l'établi où il travaillait. Tu finis par être coincé dans une sorte de purgatoire, où tu ne peux pas avancer parce que tu n'arrives pas à lâcher prise sur ce que tu n'as jamais vraiment eu en premier lieu.

— Comme les écureuils de Neville, dit-elle.

— Les écureuils de Neville ?

— Il ne peut en poursuivre qu'un à la fois. Il doit en lâcher un s'il veut en poursuivre un autre.

— Bien que dans le cas de Neville, ce ne soit pas faute d'essayer.

— C'est vrai, rit-elle, et il fut heureux d'entendre ce rire. Il ne désirait rien de plus que de l'entendre encore et encore. Il espérait que son mari finirait bientôt les papiers de leur divorce et la laisserait partir pour qu'elle puisse aller de l'avant. Il n'aimait pas la voir souffrir de cette longue attente.

CHAPITRE 12

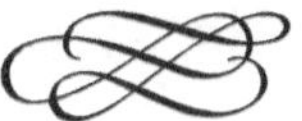

Les jours suivants passèrent rapidement. Helen passa du temps à téléphoner aux entreprises locales pour confirmer les dons de nourriture et organiser les bénévoles pour les deux événements. Tous les deux ou trois jours, elle rencontrait un ou plusieurs membres du comité pour comparer leurs notes, passer en revue la liste des tâches et célébrer chaque élément qu'ils pouvaient cocher au fur et à mesure.

La plupart des matins, elle promenait Neville et aidait Joe dans l'atelier, apprenant à

fusionner le verre et à fabriquer les décorations. Le soir, elle rendait visite à Joe pour
regarder la télévision, entraînait Neville et
se blottissait contre Joe. Elle se sentait à
l'aise. Comme si elle avait trouvé sa
place ici.

Comme si elle avait trouvé sa place
avec lui.

Une semaine avant le festival, ils travaillaient dans l'atelier quand une notif-
ication de message sonna sur le téléphone
d'Helen. Elle jeta un coup d'œil à l'écran,
dit : — Excusez-moi une minute, et sortit.

Joe attendit quelques minutes, et comme
elle ne revenait pas, il prit leurs manteaux
et la suivit. Une fois dehors, le soleil était à
l'ouest ; il se faisait tard, et il devrait
bientôt promener Neville. Mais d'abord, il
devait la trouver. Il commençait à faire
froid.

Il entendit sa voix venir du coin du studio.
Il suivit le son pour la trouver en train de
parler au téléphone, des larmes sur le vi-

sage. Elle avait l'air en colère. Ou était-ce triste ? Il n'arrivait pas à le dire, mais il devait voir s'il pouvait l'aider.

— Pourquoi as-tu impliqué Kim ? disait-elle au téléphone. Tu as ruiné toutes mes autres relations. Pourquoi pas celle-là aussi ? C'est ça ?

Joe la regarda s'essuyer les yeux avec sa main gauche.— Ce n'est pas comme si elle n'avait pas assez à gérer sans s'inquiéter de ses parents. Je t'ai dit que je le ferai quand je serai prête.

Joe s'approcha, se faisant connaître, et elle se tourna vers lui, son visage rougi par les larmes, toujours aussi beau. Il lui tendit silencieusement son manteau, et elle sourit faiblement, articula un merci, puis le laissa l'aider à enfiler son manteau tandis qu'elle écoutait la voix à l'autre bout du fil.

Finalement, elle dit : — J'y réfléchirai. Je dois y aller maintenant. Sur ce, elle raccrocha et se tourna vers Joe. — Merci de m'avoir apporté mon manteau.

— Tu trembles. Viens là. Il l'attira doucement à lui, et elle vint sans hésitation. Il l'enveloppa de ses bras, la serrant plus près de lui, et ils se fondirent dans l'étreinte comme la fusion de deux morceaux de verre, différents mais nécessaires pour rendre l'ensemble plus beau. Il voulait qu'elle reste là. Il voulait qu'elle fasse partie de sa vie. Voulait toujours être celui vers qui elle se tournerait pour trouver du réconfort. Elle ne tremblait plus, mais elle frissonnait, et il comprit qu'elle pleurait.

Il saisit ses épaules et se pencha pour la regarder. — Que s'est-il passé ? Je peux t'aider ?

— Le divorce. C'est juste si difficile.

— Je sais, mais une fois que tu auras les papiers, tu pourras les signer et commencer à aller de l'avant. C'est de ça dont tu parlais ? Il ne voulait pas être indiscret, mais il voulait savoir. Si l'homme ne suivait pas avec les papiers, peut-être qu'il voulait la récupérer. Joe ne pensait pas pouvoir gérer ça à nouveau. Pas maintenant qu'il l'aimait.

Il la serra plus fort contre lui tandis qu'il laissait ces mots pénétrer son cerveau.

Il l'aimait.

— Ce n'est pas Sam, dit-elle. Enfin, pas d'habitude, mais aujourd'hui je suis en colère contre lui parce qu'il a téléphoné à ma fille pour lui demander si elle savait où j'étais et pourquoi je n'avais pas signé les papiers du divorce. Elle se tourna vers lui. — Ensuite, elle m'a envoyé un message pour me parler de l'appel, et j'ai téléphoné à Sam pour le réprimander. J'étais en colère qu'il l'implique. Ce n'est pas son mariage.

— Tu as les papiers du divorce ? Pourquoi ne les as-tu pas signés ?

Donc Helen était celle qui voulait rester mariée. Qu'est-ce que cela signifiait pour lui ? Pour eux ? Il allait écouter, l'entendre jusqu'au bout, ne pas tirer de conclusions hâtives. Peut-être que c'était quelque chose à propos du règlement financier qu'elle n'aimait pas.

— J'ai téléphoné et lui ai dit de ne plus impliquer Kim, et il a promis qu'il ne le ferait plus. C'est un homme charmant. Un bon père. Il a même été un bon mari pendant longtemps, mais notre mariage ne fonctionne plus depuis des années. Ça a vraiment commencé à se détériorer quand Kim a quitté la maison.

Pourquoi était-elle si en colère ? Les gens ne se mettaient pas en colère pour des choses ou des personnes dont ils ne se souciaient pas.

— Alors pourquoi as-tu du mal à signer les papiers du divorce ?

Elle ne répondit pas, sanglotant juste plus fort.

— Je ne peux pas t'aider si je ne comprends pas.

— Je t'ai dit qu'il m'avait quittée pour une autre femme ?

— C'est dur, mais ça ne reflète pas sur toi. Ça signifie juste que vous aviez dépassé le stade de votre relation.

— Il m'a quittée pour ma meilleure amie. Elle chercha son souffle, et les sanglots s'intensifièrent.

— Je ne savais pas. Je suis désolé.

— Tous nos autres amis ont pris leur parti. Les couples semblent toujours l'emporter sur les célibataires dans ces situations.

— Et tu penses qu'en refusant de signer les papiers, tu vas récupérer ton amie ? Il ne comprenait pas comment cela pourrait fonctionner.

Elle se dégagea de son étreinte et recula, et il regretta immédiatement sa question. Elle s'éloigna un peu vers le studio, s'éloignant de lui.

Après un long moment, elle dit : — Au début, je le faisais par vengeance. Tu sais. Tu m'as tout pris ; je garde ce que tu veux. Mais la vengeance n'est pas aussi douce qu'on le dit. Elle se tourna de nouveau vers lui. — J'ai réalisé que si je signe les papiers, je dois admettre qu'elle est partie aussi. Qu'ils se sont *tous les deux* choisis l'un l'autre plutôt que moi. Et que je suis forcée de quitter la seule ville que j'ai connue durant ma vie d'adulte. Où j'ai élevé ma fille. Où j'ai grandi. Sais-tu ce que c'est d'être rejetée ?

Il s'approcha d'elle, essayant de retrouver leur intimité. — D'après mon expérience, on peut voir les choses de deux façons dans ce genre de situation.

— Que veux-tu dire ? Elle s'arrêta, le laissant se rapprocher.

— Tu peux te voir comme étant forcée de partir, ou tu peux considérer que tu as dépassé cet endroit et que tu cherches un nouveau lieu où tu veux être. Personne ne t'*oblige* à quitter Duncan, tu sais. Tu pourrais tenir bon et continuer à y vivre.

— Oui, c'est vrai. Au moins jusqu'à ce que je trouve une meilleure alternative.

— Peut-être que Sunshine Bay pourrait être ta meilleure alternative. Il l'attira plus près et l'embrassa, mettant tous ses espoirs dans ce baiser, souhaitant qu'elle voie un avenir possible ici. — Peut-être que rester avec moi pourrait être ton futur.

Elle lui rendit son baiser, et il la serra plus fort. C'était juste. Elle était juste. Maintenant, tout ce qu'il avait à faire était de la convaincre. — Alors, es-tu prête à signer les papiers du divorce maintenant ? demanda-t-il entre deux baisers. Pour rester ici ?

Ses mots restèrent suspendus dans l'air froid, et elle recula de nouveau — en arrière et loin. — Pourquoi tout le monde veut-il que je signe ces papiers ? Je veux le faire quand je le voudrai. Pas selon le programme de quelqu'un d'autre.

— Pourquoi t'accroches-tu ? Ne veux-tu pas une vie ici ? Ne veux-tu pas voir où cela peut nous mener ?

— Je ne peux pas rester ici et être forcée de faire ce que je ne veux pas faire.

— Je ne te force à rien. Je te demande de me choisir. Lâche prise et choisis-moi. Je t'aime.

Il observa son visage, aux yeux rougis par les larmes, passer de la tristesse à la colère puis à la froideur.

— Je dois partir. Et elle se retourna et remonta le chemin, emportant son cœur avec elle.

CHAPITRE 13

*H*elen retourna d'un pas décidé à la maison de Sylvia, entra, se laissa tomber sur le canapé et ferma les yeux. Comment Joe pouvait-il lui dire qu'il l'aimait en plein milieu de leur première dispute ? Et pourquoi la poussait-il à signer ces papiers ? S'il l'aimait vraiment, il devrait être de son côté. Il devrait essayer de voir les choses à travers ses yeux. Il devrait-

— Ouf.

Elle ouvrit les yeux pour trouver Angel assise sur ses genoux, la regardant.

— Salut. Comment vas-tu ?

Angel cligna lentement des yeux et laissa Helen caresser sa fourrure.

— Merci de me rendre visite. Tu t'inquiètes pour moi ? Tu as raison. Je ne devrais pas pleurer, mais que vais-je faire ?

Angel répondit en se blottissant sur ses genoux et en ronronnant comme un petit moteur.

— Eh bien, tu n'es pas d'une grande aide. Tout ce que tu fais, c'est dormir.

Ou peut-être qu'elle l'aidait. Ce chat avait été sauvé, seul au monde, d'après ce que Sylvia lui avait dit. Et maintenant, elle était là, interagissait avec les gens, se faisait de nouveaux amis et était satisfaite de sa nouvelle vie. Même Angel avait trouvé en elle la force de faire confiance à Sylvia. De croire que les choses pouvaient s'améliorer si elle abandonnait sa vie dans un parc pour emménager dans une maison.

Helen glissa pour s'allonger sur le canapé. Peut-être que si elle faisait une sieste comme Angel, elle pourrait gagner en perspective. Mais le sommeil restait hors de portée tandis que son esprit galopait à travers tout ce qui s'était passé au cours de l'année écoulée. Elle pensait à la trahison, à la colère et à sa peur de recommencer à zéro. La peur de lâcher prise. D'abandonner ce qu'elle avait pour saisir quelque chose de nouveau. Comment pourrait-elle trouver la force de faire cela ?

Elle continuait à caresser le chat, et Angel continuait à ronronner. Pourrait-elle le faire ? Déménager dans une nouvelle ville et recommencer ? Elle avait maintenant quelques amis ici, et elle avait son travail bénévole, et elle pourrait probablement trouver du travail d'enseignement ou de tutorat. Même si ça ne marchait pas avec Joe, Sunshine Bay était assez grande pour qu'elle ne soit pas dans un bocal à poissons cette fois. Elle ne serait pas jugée par tous ceux qu'elle rencontrerait et considérée comme insuffisante.

— Tu sais quoi, Angel ? Tu as eu raison de prendre le risque de venir vivre avec Sylvia. Peut-être que je devrais faire pareil.

Le chat ronronnait maintenant bruyamment, comme pour approuver.

— Je veux dire, que sacrifié-je vraiment ? Cette année a été horrible et vide, et si je venais ici, il y aurait beaucoup à gagner - des amis, de nouvelles activités, de nouveaux passe-temps.

Et si Joe disait vrai, elle gagnerait une vie remplie d'amour.

Il n'y avait vraiment qu'un seul moyen de le savoir.

Angel continuait à ronronner, et Helen la laissait faire. Il avait fallu plusieurs jours, mais le chat s'habituait enfin à elle, et elle savourait cette proximité. Cette chaleur.

Que voulait-elle ?

En ce moment, elle voulait - avait besoin de - rentrer chez elle.

— Désolée pour ça, dit-elle à Angel en déplaçant le chat sur le canapé.

Elle alla dans la cuisine pour s'assurer qu'il y avait assez de nourriture et d'eau pour le chat pour au moins une journée. Si elle restait chez elle plus longtemps, elle était sûre que Lydia pourrait nourrir Angel. Sylvia comprendrait.

CHAPITRE 14

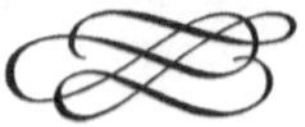

La salle était remplie de familles et de plus de bruit que Joe ne pouvait normalement supporter, mais cet après-midi-là, il recherchait le contact humain. Cela faisait vingt-quatre heures qu'il n'avait pas vu Helen, et lorsqu'il était arrivé à la salle, Estelle lui avait dit qu'Helen avait une urgence à gérer et qu'elle ne pourrait peut-être pas venir à la vente aux enchères.

Au lieu de penser à elle, il se concentra sur les enfants. Ils passaient d'une activité à l'autre, se faisaient maquiller, travaillaient sur des bricolages en papier et écoutaient une nouvelle histoire racontée par Misty la Conteuse, une jeune femme qui avait été à l'école avec Zac. C'était une bonne actrice et conteuse, et lui comme les enfants étaient captivés par ses récits.

Joe prenait son tour à la table des arbres, vendant des billets de tombola pour les paniers disposés sur une étagère derrière lui. Les gens admiraient les arbres, qui étaient placés derrière une barrière pour que personne ne puisse les renverser accidentellement – c'était la version officielle – ou emporter quelques boules dans leurs poches – la version officieuse.

— Avez-vous conçu cet arbre, Joe ?

Il détourna son regard de Misty la conteuse pour découvrir Raymond Charles, un homme d'une soixantaine d'années. Le même homme qui avait commandé le vase bleu. Raymond était habillé comme s'il allait à un dîner formel plutôt qu'à un événement communautaire d'après-midi.

— J'y ai participé. Cette année, mon assistant l'a conçu, et j'ai aussi eu de l'aide pour les pièces fusionnées. C'était un travail d'équipe.

Raymond fit un geste de la main vers l'arbre.

— J'ai dit à Carl que ça devait venir de votre atelier. Il veut enchérir sur celui-là, et je m'attends à ce que nous ouvrions nos portefeuilles aussi grand que nécessaire pour gagner.

— C'est pour une bonne cause, dit Joe.

— Deux bonnes causes, dit Raymond, jetant un coup d'œil à Carl, un homme bien habillé aux cheveux argentés qui parlait avec animation à un ami.

— Deux ?

— L'hôpital, bien sûr, dit Raymond, adressant un sourire secret à Carl, et mon mariage. Il se tourna vers la table et tira un carnet de billets de tombola vers lui. Si j'ai appris quelque chose de ma série de relations ratées, c'est que les mariages, du moins les bons, demandent du travail. Je ferai à peu près n'importe quoi pour garder cet homme heureux.

— Et ça semble en valoir la peine, dit Joe, en voyant comment Carl souriait en retour à Raymond.

— Oui. Merci encore pour tous vos efforts pour refaire ce vase tant de fois.

— Tout pour un client satisfait.

— Je sais que vous êtes simplement gentil, dit Raymond. Mais merci. Il tendit à Joe le carnet entier de billets et un billet de vingt dollars pour couvrir le coût.

— Merci, dit Joe. Et bonne chance pour la tombola.

Raymond hocha la tête et retourna vers son partenaire, qui le prit par la main et l'attira dans le cercle de conversation. Que ne donnerait-il pas pour qu'Helen soit ici maintenant, et pour qu'elle soit celle qui le prenne par la main. Elle lui avait donné envie de faire à nouveau partie des choses, et elle lui manquait.

Estelle vint quelques minutes plus tard pour le relever à la table, et il se déplaça vers le bord de la salle pour observer les gens, souhaitant encore qu'Helen soit là. Elle aurait adoré ça, mais elle avait sa propre vie, et il n'avait aucune idée de quand, ou si, il la reverrait.

— Il y a une bonne participation cette année, dit une voix à côté de lui.

— Salut, Lydia. Il tourna la tête pour la saluer puis se retourna vers la foule.

— Je me demandais si tu pouvais me dire quelque chose, dit-elle.

— Bien sûr, si je peux, dit-il avec prudence. Il se pencha légèrement sur le pied opposé, tentant de mettre de la distance entre eux. Sa gorge se serra alors qu'il réfléchissait à la meilleure façon de l'éconduire, de lui dire qu'il n'était pas intéressé.

— Tu vois cet homme là-bas qui parle à Shane, mon fils ? Elle fit un signe de tête vers un homme portant une casquette de conducteur qui parlait à un jeune garçon. Tu le connais ?

— C'est Tyler. Il travaille avec Jack au parc. Je crois que c'est lui qui conduit le train de Noël cette année pendant que Jack est absent.

— Ah, ça expliquerait la casquette, dit-elle, et pourquoi mon fils monopolise son temps. Shane est fou de trains. Son grand-père travaillait pour le CP Rail.

— Ça expliquerait tout, en effet.

— Tu sais quelque chose de plus sur lui ?

Il remarqua soudain l'éclat intéressé dans son œil et réalisa qu'elle ne voyait pas Tyler comme un homme qu'elle devait sauver des questions de son fils, mais comme un homme tout court. Chanceux Tyler.

— Si je me souviens bien, c'est un mécanicien. Et je ne suis pas sûr, mais je crois qu'il est célibataire. Jack a mentionné que lui et sa petite amie ont rompu il y a quelques semaines.

— Intéressant, dit Lydia. Au fait, j'approuve.

— Tu approuves quoi ? Elle regardait toujours son fils et Tyler avoir une conversation animée. Peut-être qu'elle approuvait la façon dont Tyler traitait son fils.

— J'aime bien Helen. Elle est gentille. Ce serait vraiment bien si elle déménageait ici.

— Elle a sa vie à Duncan. Je doute qu'elle quitterait tout ça pour venir ici.

— Je pense qu'elle envisage de grands changements.

— Je ne sais pas d'où tu tiens tes informations. Elle est toujours mariée, et elle n'est même pas là.

— Je ne pense pas qu'il faudrait grand-chose pour qu'elle laisse cette vie derrière elle. Pas si elle trouvait un endroit où appartenir – et peut-être quelqu'un à qui appartenir.

Il fronça les sourcils.

— Elle n'a même pas honoré son temps de bénévolat aujourd'hui.

— Je n'en serais pas si sûre à ta place.

— Qu'est-ce que ça veut dire ?

Cette conversation était exaspérante. Il se retourna vers elle, mais elle n'était plus là pour lui répondre. À la place, elle était à mi-chemin de l'autre côté de la salle, se dépêchant tout en essayant d'avoir l'air décontractée. Tyler n'avait aucune chance.

Il fronça les sourcils et se remit à observer les gens. S'ils ne lui avaient pas demandé de remplacer Helen à la table de la tombola, il serait déjà parti. Il jeta un coup d'œil à sa montre. Il était presque temps de retourner à la table. Autant en finir.

Il se retourna et remarqua une femme qui marchait devant lui. Une femme aux cheveux auburn. Son cœur fit un bond. Elle était là. Il aurait dû être en colère, mais il était trop soulagé de la voir.

Elle se tourna vers lui alors qu'il approchait, puis se dirigea vers un coin plus tranquille de la pièce. Il la suivit, tout comme l'aurait fait Neville.

— Je suis désolée d'être partie comme je l'ai fait. J'étais en colère, et j'avais besoin de réfléchir à certaines choses, dit-elle sans préambule. Et j'avais honte de la façon dont je m'étais comportée envers Jill et, oui, même envers Sam.

— Honte ? Honte de quoi ?

— J'étais tellement en colère qu'ils m'aient laissée de côté que je ne pensais pas à leurs sentiments, ni à la façon dont la situation devait affecter Kim.

— Il faut beaucoup de temps pour pardonner une trahison pareille. Il parlait à voix basse, et il était maintenant assez proche pour la toucher. Oh, comme il voulait la toucher. — Il m'a fallu des années pour pardonner à Maeve.

— Je sais. Mais tu avais raison. Lydia avait raison. Même Neville avait raison.

— Neville ?

— Je ne peux pas aller de l'avant si je ne lâche pas prise. Alors j'ai signé les papiers, et j'ai conduit jusqu'à Duncan ce matin pour les donner à Sam.

— Tu as fait ça ?

— Oui. Et puis j'ai mis ma maison en vente et j'ai laissé Sam s'occuper des visites.

Il tendit les mains vers elle et lui caressa les bras, brûlant d'envie de la serrer contre lui, de l'embrasser, de bondir de joie. Disait-elle ce qu'il pensait qu'elle disait ?

— Jill a pleuré et m'a dit que c'était le plus beau cadeau que je pouvais leur faire, dit-elle. Et tu sais quoi ? Cette fois, je n'ai pas ressenti de ressentiment. Seulement du soulagement de pouvoir améliorer la vie de quelqu'un. Du soulagement de pouvoir aider deux personnes qui s'aiment beaucoup. Du soulagement de pouvoir encore être son amie.

— Et maintenant, qu'est-ce que tu vas faire ?

— Eh bien, j'espérais que tu pourrais m'aider à trouver la réponse. Elle leva les bras et les plaça autour de son cou, et il la serra contre lui, tournant le dos à la pièce bondée. — Tu m'as promis une fois que tu me ferais visiter cette ville. Et puisque mon cœur semble être ici maintenant, j'ai pensé que j'allais accepter ton offre.

— Tu déménages ici ?

— Oui, une fois que j'aurai trouvé un endroit où m'installer, et une fois que la maison sera vendue. Si je ne trouve pas de poste d'enseignante suppléante, je peux toujours donner des cours particuliers quelques heures par semaine.

— Tu es sûre de ça ?

— Je n'ai jamais été aussi sûre de quoi que ce soit dans ma vie. Je veux recommencer à zéro à Sunshine Bay. Avec toi. Je t'aime, Joe. Je n'aurais jamais cru retrouver l'amour, et tu étais là, caché à Sunshine Bay.

— Je t'aime aussi. Il baissa la tête et l'embrassa, collant ses lèvres aux siennes, oubliant les gens derrière eux. Il devait être d'accord avec Jill. Avoir Helen ici, prête à commencer une nouvelle vie avec lui, était le plus beau cadeau qu'il aurait pu recevoir cette année.

Ou n'importe quelle année.

ÉPILOGUE

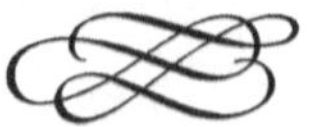

J oe ferma le studio et verrouilla la porte, glissant une petite boîte dans sa poche. Il s'arrêta à l'enclos et sourit à Neville, qui bondit pour le saluer. Depuis que Zac et Nicole étaient revenus du Nicaragua quelques mois plus tôt, le petit chien lui avait manqué. Il était ravi que Neville soit venu lui rendre visite cette fois-ci.

— Tu es prêt ? demanda-t-il au chien en allant ouvrir la porte pour le laisser sortir. Elle ne devrait plus tarder.

Neville le salua avec l'exubérance propre aux chiens. Puis il bondit devant lui, tirant sur la laisse, comme s'il savait où ils allaient. Joe ouvrit la portière de la voiture, et le chien sauta sur la banquette arrière, aboyant pour le presser.

Le temps changeait à nouveau, tout comme l'année où Helen et lui s'étaient rencontrés. Pour beaucoup, l'hiver était une période de mort et de déclin. D'hibernation. De sommeil. Mais pour lui, c'était le moment où elle avait ramené l'amour et le sens dans sa vie.

Il alluma la radio en conduisant vers le sud le long de l'Island Highway. Il espérait que l'avion d'Helen n'avait pas été retardé. Elle était partie en Ontario rendre visite à sa fille pendant deux semaines, et cela avait été les deux semaines les plus longues de sa vie.

L'aéroport apparaissait sur le côté gauche de la route, et il scruta le ciel à la recherche d'un avion. Le ciel était vide à l'exception de nuages gris chargés de la neige qui devait tomber d'une minute à l'autre, anéantissant tout espoir de la voir aujourd'hui.

Il se gara devant le petit aéroport, inséra un dollar dans le parcmètre et entra, balayant la salle du regard à la recherche du tableau d'affichage pour voir si l'avion était toujours attendu. La salle était pleine de voyageurs attendant d'embarquer — bon signe. Cela signifiait qu'ils n'avaient pas encore officiellement annulé de vols. Il s'approcha du comptoir pour se renseigner sur le vol d'Helen et on lui dit que l'avion avait décollé de Toronto et atterrirait bientôt.

Au lieu d'attendre à l'intérieur, il alla chercher Neville dans la voiture pour le promener. Cela permettrait à Neville de faire de l'exercice, et à Joe de s'occuper plutôt que de fixer l'écran de télévision en attendant que l'indication passe à « arrivé ». De cette façon, il pourrait voir l'avion atterrir.

Le petit Westie courut devant lui le long de la clôture qui bordait la piste. En attente. Aux aguets. Rien ne vint, et le seul avion sur la piste avait maintenant une fine couche de neige sur les ailes. Ce n'était pas bon signe. Et si l'avion était dérouté vers Vancouver ? Ils devraient attendre des heures de plus pendant qu'elle prendrait un bus ou un taxi jusqu'au ferry, puis ferait la traversée.

À cette pensée, il sortit son téléphone et chercha les horaires des ferries pour voir s'il y avait des alertes. Si le vent était trop fort, elle devrait rester à Vancouver au moins jusqu'au lendemain. Une rafale de vent joua avec son écharpe, la projetant devant son visage, et il la rabattit tout en fixant l'écran. La météo avait retardé les ferries. Il était tout à fait possible qu'elle ne rentre pas à l'heure.

Il réprima sa déception et composa son numéro. Il pouvait au moins s'assurer qu'elle avait un endroit où dormir ce soir. Il avait besoin de savoir qu'elle était au chaud, au sec, en sécurité. Il porta le téléphone à son oreille, et il sonna plusieurs fois avant de basculer sur la messagerie.

Peut-être était-elle dans l'avion, et qu'il atterrirait bientôt. Il devrait remettre Neville dans la voiture où il avait une couverture pour se blottir. Ensuite, il pourrait retourner au terminal et se réchauffer.

— Allez, Neville. Retournons à la voiture. Il se retourna et tira sur la laisse, s'attendant à ce que Neville le suive lentement comme on le lui avait appris. Au lieu de cela, le petit Westie jappa et courut en avant, lui arrachant la laisse des mains. « Neville ! » cria-t-il. « Reviens ici. » Le petit chien fila devant, et il courut après lui, espérant que le chien ne poursuivrait pas une voiture ou n'irait pas sur la route. « Neville ! »

Neville courut vers un groupe de personnes sortant du terminal — probablement ceux qui avaient appris que leurs vols avaient été annulés. Certains hélaient des taxis, d'autres montaient dans le bus à proximité. Où était passé Neville ?

Joe ne le voyait pas, mais il l'entendait. Il jappait de cette façon qu'il avait quand il reconnaissait quelqu'un, et il semblait avoir arrêté de courir. À chaque pas que Joe faisait, l'aboiement de Neville devenait plus fort.

Et puis il le vit, assis à côté d'une valise rouge vif et regardant adorablement Helen, qui tenait la laisse de Neville, observant Joe s'approcher, et souriant de cette façon qui illuminait sa vie.

Elle était là.

— Quand es-tu arrivée ? demanda-t-il.

— J'ai pris le vol plus tôt. J'avais peur qu'ils arrêtent de voler quand j'ai entendu les prévisions.

— Pourquoi tu n'as pas appelé ?

— Je suis arrivée il y a seulement une

demi-heure, et je savais que tu serais bientôt là.

— Dieu merci. On dirait qu'ils ont annulé les ferries.

— Oui, et les vols aussi. Je me sens mal pour tous ces gens qui doivent faire demi-tour et rentrer chez eux maintenant.

— Viens là, toi, dit-il en l'enveloppant dans une chaude étreinte. Tu m'as manqué.

— Tu m'as manqué aussi, dit-elle. Joyeux anniversaire.

— Tu t'en es souvenue.

— Comment pourrais-je oublier le jour où je t'ai rencontré ?

— Oh, en parlant de ça, j'ai quelque chose pour toi.

— Quoi ?

— Viens. Mettons d'abord ta valise et ce petit diable dans la voiture. Il fait froid ici.

Il saisit la poignée de sa valise et la tira vers la voiture pendant qu'Helen s'occupait de guider Neville le long du trottoir et devant la file de personnes qui attendaient encore un moyen de rentrer chez elles.

Une fois installés dans la voiture, il sortit la boîte de sa poche et la lui tendit. « J'ai toujours pensé que ce genre de chose était trop sentimental, mais c'était avant de te connaître. »

— Qu'est-ce que c'est ? gloussa-t-elle, et il sourit. Il adorait la façon dont les petites choses de la vie la ravissaient.

— D'abord, j'ai une petite histoire à te raconter. L'année dernière, quand je t'ai rencontrée, je fabriquais un vase pour un couple. Ils avaient tous les deux été mariés auparavant, et ils voulaient célébrer leur union avec un cadeau d'anniversaire traditionnel. C'était leur troisième anniversaire, donc le cadeau devait être en verre ou en cristal. Et comme les couleurs de leur mariage étaient le bleu et le blanc, ils voulaient quelque chose en bleu cobalt.

— Oh, je m'en souviens. Tu étais en train de le fabriquer la première fois que je t'ai vu dans l'atelier.

— Oui, bien que j'aie dû en faire deux autres après ça avant qu'ils ne soient satisfaits. C'était le couple le plus difficile à contenter.

— Je suppose qu'ils voulaient que ce soit parfait, dit-elle.

— En effet. Quoi qu'il en soit, jusqu'à ce que je te rencontre, je pensais qu'une tradition de commander des cadeaux bleus pour marquer leur anniversaire était la chose la plus mielleuse que j'aie jamais entendue. Mais maintenant... Disons simplement que je peux en voir les avantages.

— Et c'est quelque chose dans ce genre ? demanda-t-elle, en tenant la boîte entre eux.

— Eh bien, je réfléchissais à notre rencontre l'année dernière et aux choses qui nous ont rapprochés. Je voulais le commémorer. Commencer notre propre tradition.

— D'accord...

— Ouvre-la. J'espère que ça te plaira. Si c'est le cas, je vais t'en faire une chaque année.

Elle regarda la boîte puis leva les yeux vers lui. — Je t'aime tellement, dit-elle.

— Je t'aime aussi. Allez, ouvre-la maintenant.

Elle fit glisser le ruban rouge de la boîte blanche toute simple et regarda à l'intérieur. — Oh, mon Dieu.

— Tu aimes ?

— J'adore ! dit-elle, en regardant l'ornement en verre en forme d'arbre qu'il avait façonné spécialement pour elle. C'était un sapin décoré de points rouges, blancs et argentés. Au sommet, là où un ange se serait normalement trouvé, il y avait un chat noir portant un ruban rouge autour du cou. Un petit Westie blanc était assis au pied de l'arbre, regardant Helen. — C'est parfait. J'aime déjà cette nouvelle tradition.

— Pas autant que je t'aime. Il l'attira près de lui et l'embrassa jusqu'à ce qu'elle le repousse légèrement.

— Je pense qu'on devrait rentrer maintenant. On a beaucoup de temps à rattraper.

Ouaf, ouaf, fit une voix de chien depuis la banquette arrière.

Joe rit et démarra la voiture. — À la maison, donc.

Et le trio redescendit l'autoroute à travers la neige qui tombait, heureux d'être à nouveau réunis.

Merci d'avoir lu *Angel et le charmeur d'à côté* !

Vous voulez plus d'histoires de Sunshine Bay ? Inscrivez-vous à ma newsletter sur www.JeanineLauren.com pour recevoir des nouvelles de mes prochaines parutions et un aperçu des coulisses.

Le prochain livre est *Le mystère des douze ornements de Noël* — j'espère vous y retrouver !

À PROPOS DE L'AUTEUR

Jeanine Lauren est une auteure figurant sur la liste des meilleures ventes de USA Today. Elle écrit des romans féminins et des romances douces qui mettent en valeur l'amitié, l'amour, la communauté et les secondes chances.

Bien que Jeanine écrive depuis toujours, la plupart (en fait, presque tous) de ses textes étaient destinés à son travail, à des mémoires universitaires, à des activités bénévoles ou à d'interminables listes de choses à faire qu'elle ne consulte que rarement.

En 2019, Jeanine a finalement publié le premier tome de sa série **Sunshine Bay** – Love's Fresh Start (Un nouveau départ en amour: Un roman court). Plusieurs autres livres ont suivi et, depuis, elle écrit aussi vite qu'elle le peut afin de rattraper le temps perdu.

Si vous souhaitez être informé(e) de la sortie des prochains livres de Jeanine, inscrivez-vous à sa newsletter sur www.jeaninelauren.com.

Jeanine vit dans le Lower Mainland, en Colombie-Britannique (Canada), non loin de la petite ville fictive de Sunshine Bay où vivent la plupart de ses personnages.